TERRE-DES-FINS

DES MÊMES AUTEUR·E·S
AUX ÉDITIONS ZOÉ

Stand-by, saisons 1 et 2, 2018 et 2019,
Prix de la relève de la Fondation vaudoise
pour la culture

Bruno Pellegrino, Aude Seigne,
Daniel Vuataz

TERRE-DES-FINS

ZOE

Ce roman a été écrit sur invitation du Mudac,
Musée cantonal de design et d'arts appliqués
contemporains, Lausanne, à l'occasion de son exposition
Train Zug Treno Tren. Rencontrons-nous à la gare
(18.06 – 25.09. 2022).

mudac 10

partenaire principal Julius Bär

soutien à l'écriture FONDATION JAN MICHALSKI POUR L'ÉCRITURE ET LA LITTÉRATURE

www.editionszoe.ch
Maquette de couverture : Notter + Vigne
Illustration : Maxime Drouet, © manksimedrouet
ISBN 978-2-88907-016-9

Les Éditions Zoé bénéficient du soutien de
la République et Canton de Genève,
et de l'Office fédéral de la culture.

1

Mes graffitis quitteront jamais cette ville. Je le dis sans tristesse, je vois juste les choses en face : les wagons que je peins, ils dorment aux entrepôts, fin de l'histoire. C'est Zed qui fait les trains de la gare, ceux qui s'en vont. Si quelqu'un le chope, il est mort, mais personne le chope et ses graffitis voient du pays. Il y en a même qui reviennent – quand on attend dans les hautes herbes l'arrivée du convoi, c'est toujours le suspense.

Ce matin Zed voulait pas que je vienne avec, ou faisait semblant de pas vouloir.

— Tu vas me ralentir.

J'ai pas compris pourquoi il disait ça. On bosse en tandem, on l'a déjà fait un million de fois, en plus le passage à niveau est tout près de la cabane et j'ai jamais rien ralenti. Les bons jours il nous appelle l'équipe de choc. Pas ce matin. J'ai commencé à protester mais tout s'est collé dans ma bouche. Quand ça arrive je me la ferme sinon ça empire. Zed est sorti de la cabane un peu plus tard, il m'a lancé son regard silencieux, je l'ai suivi.

L'été, la nuit se fatigue pas pour exister, le soleil se couche tard et c'est tout de suite l'aube, qui dure des heures. La lumière ressemble au lait qu'on coupe avec beaucoup d'eau les mauvais mois pour avoir plus. Je me force à aller lentement pour laisser Zed être devant – aucune envie de m'en prendre une de si bon matin. Il tousse tous les cinq pas dans sa polaire, ça me rappelle maman. L'herbe mouille mes chevilles, je marche dans le chemin provisoire que Zed crée.

Voir des graffitis qui reviennent c'est du bonus, mais on est pas dehors pour le plaisir ou la couleur des paysages. On peut pas se permettre de rater le passage du train. C'est arrivé cet hiver quand Zed s'est pas réveillé après une nuit au café des Mineurs. Je l'ai secoué, il m'a insultée, il s'est vomi sur les jambes et je pouvais pas y aller sans lui, une seule personne c'est pas une équipe de choc. On a bouffé du cochon d'Inde jusqu'aux beaux jours. Zed, on lui voyait les os sous les joues.

Quand on arrive au passage à niveau, il s'arrête en faisant le geste de silence. Je m'accroupis au bord du chemin de fer. La route qui passait ici a disparu depuis longtemps sous les herbes et il y a jamais eu de barrière. Maman racontait des histoires d'accidents de l'époque où les trains circulaient plusieurs fois en une seule journée, dans les deux sens. Il reste le panneau qui dit « Attention aux trains », et qui précise « Arrêtez-vous, regardez, écoutez ».

Autour de nous, les herbes font onduler la plaine. Le soleil est juste derrière la montagne, il va bientôt sortir, ça aidera. Je ferme les yeux pour l'encourager. J'entends des cailles marcher pas loin et je revois mon rêve de cette nuit. Papa qui s'éloigne de moi, il part travailler à la mine, je veux le supplier de pas y aller mais les mots se collent dans ma bouche. Il va tourner la tête, il y a un problème avec son visage et je me réveille.

On entend le train avant de le voir. Un chantonnement qui remonte le chemin de fer, un sifflement qui grandit. Je le capte en premier, Zed a besoin de plus de temps, ensuite il tilte et me fait signe.

— T'es prête au moins ?

Le convoi apparaît, une lumière au loin comme si un lac se formait et inondait l'air. Je plisse les yeux. La locomotive, aucune surprise, c'est toujours le même modèle, la chromée. Je sais pas si personne a eu l'idée de la peindre ou si elle est systématiquement nettoyée à la capitale, mais elle rutile. Un mot de maman, rutile. Elle expliquait : propre comme un sou neuf, et papa ajoutait : belle comme un camion.

Deux choses qu'on voit pas souvent ici où tout est crade, des billets de banque froissés aux vieilles jeeps qui montent de la gare vers la mine.

J'ai froid, j'ai vraiment froid, j'entoure mes genoux avec mon pull en attendant qu'on passe à l'action. La locomotive approche, j'arrive pas à distinguer ce qu'elle traîne derrière elle. Des fois c'est juste des wagons nettoyés, mais le plus souvent ils portent des graffitis justement, les noms de la jeunesse du coin, des trucs peints dans tous les sens, des dédicaces pour personne, des blazes de copains biffés après des embrouilles que tout le monde a oubliées. Je dis la jeunesse du coin mais c'est ma façon de parler, à part Zed et moi il y a plus grand-monde.

Les grandes années, celles des parents, le convoi tirait jusqu'à vingt-cinq wagons marchandises et dix autres qui transportaient vraiment des gens. La compagnie vendait des carnets de tickets pour des voyages plus sûrs, plus ponctuels et plus confortables, c'était écrit sur les affiches comme si on était une destination de vacances. J'arrive pas à me représenter tous ces visages qui défilaient dans la plaine. J'ai pas connu les grandes années. Depuis que je suis petite c'est toujours le même topo : la locomotive, un seul wagon passager pour stocker la bouffe fraîche, et ensuite wagon-plateforme, wagon-plateforme, wagon-plateforme, wagon-plateforme, parfois pendant vraiment longtemps. Et une seule fois par mois.

Ces temps Zed est d'une humeur chienne. Ça serait une bonne journée pour revoir le wagon-conteneur avec l'immense TERDEF posé au rouleau, ou même le wagon-plateforme recouvert de tags du temps où Zed était mioche. La cerise ce serait le wagon-citerne sur lequel il a peint ses trois lettres en géant. Sa plus belle pièce, il dit, mille ans qu'on l'a pas vue. Ça lui remettrait peut-être le sourire.

Le convoi grince en freinant, il ralentit jusqu'à la vitesse de la marche à hauteur du passage à niveau – c'est pour ça que notre cabane on l'a construite si loin de la ville, pour pouvoir se servir en premier, c'était stratégique. Zed serre la mâchoire. On a pas besoin de se parler, on connaît le boulot. Il laisse passer la locomotive, se redresse et observe la première voiture, un wagon passager avec des vieux graffitis mais pas les siens, des trucs amateurs qui méritaient pas de faire tout ce voyage. Zed s'assombrit encore. Il marche à côté du train pour se mettre dans l'élan, patiente avant de tendre le bras, attrape une poignée et grimpe sur le premier wagon-plateforme. Je me lance mais mon genou cogne contre le bord, Zed me rattrape par le bras et me tire vers lui.

— Putain t'es nulle ou tu le fais exprès ?

J'ai eu peur, Zed a déjà déclipsé deux sangles alors je l'aide. Les marchandises sont protégées par des bâches solidement fixées, le train pourrait traverser un ouragan, rien bougerait. Il y a des bidons d'huile de moteur et de friture, on en prend un de chaque qu'on balance pardessus bord, ils roulent dans les herbes sans rebondir. On fait pareil avec une douzaine de conserves de thon et la même chose de maïs doux. Zed bourrine sur les sangles qui se détendent en claquant, il s'enfile sous les bâches et trouve des planches, des clous, même quelques ampoules qu'il dépose au bord des voies en se mettant à plat ventre. L'électricité marche pas du tout à la cabane et pas tout le temps en ville, sauf au café, à la gare et aux entrepôts. Les ampoules c'est pour échanger, peut-être contre de nouvelles couleurs si on trouve.

C'est une bonne récolte, Zed est content.

— Avec tout ce qu'on a jeté du train on tient tout le mois.

Je trouve ça frustrant, la quantité de bouffe qu'on laisse, on est jamais sûrs de ce qu'il y aura dans le prochain convoi et j'ai constamment la dalle. Après le virage, les deux sommets de la montagne au niveau de Lac Glauque apparaissent et c'est le signal, Terdef approche et Zed se prépare à sauter. Je le retiens par l'épaule. Viens on tente le wagon passager, y aura sûrement du frais. Je prononce ces deux phrases sans buter sur les mots, c'est l'adrénaline qui me dope.

— Non arrête on fait jamais ça.

Il a peur, plus que moi et ça me plaît. J'ai un pied tout au bord du wagon-plateforme, l'autre sur la réglette mobile du wagon passager, le chemin de fer me file sous les jambes. Zed flippe.

— Fais pas ta gamine on est presque à la gare.

Pas de cadenas sur la porte, il suffit d'abaisser la poignée et elle s'ouvre. Je m'engouffre, Zed me suit. Les lampes sont éteintes, et les vitres recouvertes de graffitis laissent presque pas entrer la lumière, on cligne pour habituer nos yeux. D'un côté du wagon, ils ont viré les banquettes pour mettre des palettes, je repère des oignons et des patates, des betteraves, des tomates et un ananas. Il y a aussi un caisson réfrigéré, ça c'est prometteur. L'autre moitié du wagon a la gueule que ça devait avoir l'époque, des banquettes en carré autour de tablettes où j'arrive à imaginer des familles jouer aux cartes. Des grands sacs en jute sont calés sur les sièges. Riz, pâtes ou haricots séchés je parie.

— Bon alors bouge-toi allez !

Zed dit ça avec colère mais je vois que ça l'excite. Je coince le bas de mon pull dans mon pantalon, je serre fort la ceinture, et je tire sur le col pour faire passer les pommes de terre. Elles s'empilent contre mon ventre, froides d'avoir passé la nuit dans le wagon mal isolé. Je ramasse l'ananas et Zed fait non de la tête, les yeux très grands.

— T'es tarée ça va se remarquer !

Je contemple les tomates, il y a longtemps que j'en ai pas vu. Ça me fait saliver mais je sais que Zed est pas pour non plus. Ce qu'on ramasse ici, c'est tout ça en moins pour Terdef, et Zed dit qu'en ville ils ont autant la dalle que nous.

J'avance vers le caisson réfrigéré et je repère un sac plus grand que les autres sur une banquette. Il pourrait y avoir du lourd, peut-être même des olives ou du miel, et là le sac se met à remuer. C'est pas possible, je veux dire à Zed, c'est des poulets vivants ou quoi, mais un visage blanc se dessine dans la pénombre. Le visage d'une dame qui se frotte les yeux en se dégageant d'une couverture épaisse. Avant que je comprenne, une voix étonnée nous demande qui nous sommes, si nous sommes arrivés à la gare, si c'est déjà Terre-des-Fins.

J'ai le temps de rien à part plaquer une main contre la bouche de la dame qui se met à paniquer. Zed arrive juste après et frappe à la mâchoire, avec le revers de sa main, une gifle que je connais bien.

— T'es qui toi putain ? Tu fous quoi dans notre train ?

La dame répond pas parce que j'ai encore la main sur son visage, Zed hurle en faisant le moins de bruit possible.

— Tu vas nous faire repérer ! Tu fermes ta gueule ou je te bute !

Mon pull glisse hors de mon pantalon, les pommes de terre rebondissent sur le plancher avec des bruits de petites balles, je lâche la dame et nos regards se trouvent, s'accrochent un petit moment. Elle se met à crier, Zed lève une deuxième fois la main, la dame ferme les yeux et se protège le visage avec les bras, cette fois le coup de Zed produit un bruit métallique et il jure. Quelque chose tinte dans l'obscurité en tombant. Il se tourne vers moi, la main entre les cuisses.

— Elle m'a fait mal la conne ! Vas-y on se casse.

Il donne un coup de pied à la porte arrière. La lumière entre en même temps que l'autre porte s'ouvre, directement sur la locomotive. Anatoli se tient dans l'encadrement, il m'a vue, ça sert plus à rien de fuir. Je reste plantée, les mains en l'air pour montrer qu'elles sont vides. Il a du cambouis sur l'avant de sa salopette.

— Mince, Liv, encore toi ? T'en as pas marre de tes petits raids minables ?

Zed a eu le temps de s'échapper. Il se fait jamais choper.

Anatoli aide la dame à se relever, il lui demande si ça va. Elle se frotte le poignet, ramasse l'objet tombé par terre, une montre qu'elle observe un long moment en faisant tourner la petite molette dorée et en tapotant le verre avec un ongle immense et blanc. Ses mains tremblent.

— Elle est cassée.

La dame est très pâle dans la lumière, elle me regarde comme si c'était ma faute, je m'excuse pas. Elle a eu de la chance. Si Zed s'était pas fait mal en cognant la montre, elle l'aurait eue, sa raclée. Anatoli plisse son grand front chauve vers moi.

— Je te passe les menottes ?

Je lui offre mes poignets, il soupire, remet ses mains dans les poches. Les mécaniciens ont pas de menottes.

— En revanche je dois avertir Isobel. Navré Liv, tu connais les règles.

Il retourne dans sa locomotive mais laisse la porte ouverte pour parler dans sa radio en me surveillant de l'œil. Je vais pas m'enfuir, j'aurais pas de raison de le faire cette fois-ci plus que les autres. Je regarde la dame qui masse sa mâchoire. Elle a l'air assez secouée. Elle porte des boucles d'oreille en forme de triangle qui rutilent de chaque côté de son visage. Ses longs ongles, une robe fendue, qu'est-ce qu'elle fabrique ici ? J'ai l'impression qu'elle va pleurer ou vomir.

Des à-coups puissants nous déséquilibrent, ça grince des rails jusqu'au toit, les pommes de terre roulent partout, mon épaule tape la paroi, la dame s'accroche à son siège. C'est le dernier aiguillage. Terre-des-Fins, gare terminus, troufignon du monde, tout le monde descend – c'est ce que chantonnait papa quand on allait voir l'arrivée du convoi, j'étais fière d'être sur ses épaules et j'adorais ce mot, surtout comme il le disait, troufignon.

Quand les crissements cessent, j'ouvre la porte et je saute sur le quai. Là j'hésite à me mettre à courir, juste pour faire peur à Anatoli, juste pour que ça change des autres fois. On sait tous les deux que c'est peine perdue. Anatoli a appelé Isobel, et à la limite elle je pourrais la semer, mais Bermann sera là aussi, comme d'habitude. Avec ses jambes interminables il est taillé pour des courses-poursuites contre de vraies criminelles de métropoles, moi avec mon endurance pourrie j'ai zéro chance.

La dame descend en dernier, elle pose le bout de sa chaussure sur le marchepied comme si elle testait un lac gelé. Elle a une valise en cuir à la main et porte des lunettes de soleil, je l'ai pas vue les enfiler, avec ses boucles d'oreille ça fait vraiment look nickel de grande dame de la capitale. Enfin, je dis ça mais j'y suis jamais allée. Elle regarde autour d'elle comme si elle s'attendait à ce que quelqu'un soit là avec une pancarte à son nom. Ça me fait souvent bizarre les dimensions de cette gare avec si peu de gens dedans, peut-être qu'à elle aussi. Les piliers de brique rouge qui montent jusqu'à la verrière, les couloirs de mosaïques effritées vers les deux halls secondaires, l'immense horloge dans l'axe des rails, les vitraux de la grande porte. Elle fixe l'horloge, hausse les sourcils et son front se retrousse, elle soulève ses lunettes et s'adresse à Anatoli.

— Il n'est quand même pas déjà midi ?

Anatoli met les mains dans les poches de sa salopette et fait un geste du menton en direction de la verrière.

— Faut pas vous fier aux horloges mademoiselle. À vue de nez je dirais plutôt dans les 6 heures du matin. On est partis en retard de la capitale hier soir, mais on s'est bien rattrapés pendant la nuit.

Je souffle par les narines, la dame me dévisage brièvement. Il y a des éléphants dessinés sur le cuir de sa valise, des zèbres et des palmiers.

On remonte le quai tous les trois, moi pour me faire arrêter et la dame je sais pas, elle doit pas savoir non plus alors elle nous suit, en tout cas ça fait qu'on forme une équipe bizarre, réunie par erreur. Tout au bout, le quai ouvre sur le grand hall. L'agitation est différente, même pour un jour d'arrivée du train. Des ouvriers déplacent des caisses, des cordes, des fils électriques, font tout glisser sur le marbre blanc. À voir ça on pourrait presque penser que Terdef est pas en train de mourir. Que tout est normal. C'est ce que croit la citadine à coup sûr.

— Et l'œuvre ? Je dois repartir ce soir, dernier délai. Je crois que le musée a été clair avec vous. Est-elle prête ?

Elle a un accent qui indique qu'elle est pas d'ici, ses mots roulent tout seuls hors de sa bouche. Les R surtout.

— La responsable va vous renseigner, mademoiselle, moi je suis juste mécano.

C'est des conneries, mécano ça suffit très bien pour savoir que oui, l'œuvre est prête. Elle est là, allongée sur des palettes, immense et à moitié ensevelie sous des bâches, elle attend juste d'être chargée sur le train. Je pense aux images de safari, aux prédateurs ficelés comme des trophées une flèche dans le flanc. Maman m'avait montré, dans des vieux livres qu'on s'était motivées à récupérer aux entrepôts. Les pages faisaient comme la surface des plantes vertes au toucher. Il y avait des romans pliés en deux, des manuels de langues étrangères, des bandes dessinées et le fascicule vert qui expliquait l'Afrique. Maman disait que tout le monde pourrait se servir si on les réunissait dans les arcades de la place. C'est quand elle était encore pas trop malade. Je suis venue une seule fois en prendre un, je l'ai pas lu. Je crois que tout le monde s'en fout de la bibliothèque. Maman c'est sûr, maintenant, pour le coup.

— L'œuvre est ici ?

La dame ouvre de grands yeux et met une main devant sa bouche, très doucement. Elle pose un genou sur le marbre et soulève un bout de bâche, à deux doigts, en retenant sa respiration.

— C'est magnifique.

Ce que je vois moi, c'est du Mitch Cadum tout craché. Une longue pierre brute, monolithe on dit, lisse principalement et ailleurs feuilletée, qui a l'air bêtement grise mais qui lâche tout à coup des reflets bleu-vert plutôt merveilleux. Après, toutes les œuvres de Mitch Cadum se ressemblent. C'est vrai que celle-ci a l'air énorme. Dressée, elle doit bien transpercer la verrière de la gare.

Isobel court à notre rencontre, une main sous le ceinturon comme une vraie flic des grands espaces et son chignon qui rebondit comme un petit pain chaud au-dessus d'elle. Ses bottes couinent sur le marbre. Derrière bien sûr il y a Bermann, son long corps qui flotte dans l'uniforme gris-vert. Il me jette un regard satisfait pendant qu'Isobel, au lieu de me passer les menottes, tend la main à la dame du train.

— C'est vous le convoyeur du musée ? On vous imaginait pas aussi…

Elle la dévisage de bas en haut.

— … jeune ? Et vous êtes une femme.

Bermann rajoute que ça en a tout l'air et il se gêne pas pour reluquer. Isobel lâche la main de la dame.

— Bienvenue à Terre-des-Fins.

D'un geste du menton, elle désigne les ouvriers autour de l'œuvre qui conduisent des transpalettes.

— On a mis les bouchées doubles. Le train sera prêt avant ce soir, vous pourrez même rentrer chez vous plus tôt que prévu.

La dame secoue la tête, et maintenant qu'Isobel l'a dit, je trouve aussi qu'elle a pas l'air si vieille. On dirait plutôt une fille qui se grandit avec des manières. C'est bizarre cette histoire de train qui repart direct, d'habitude il reste presque un mois avant de retourner faire le plein de marchandises à la capitale.

— Je suis rassurée. Merci pour votre efficacité. Mais maintenant que je suis là, je crois que je voudrais profiter un peu de la ville. Partir ce soir, ça me va très bien.

Isobel la regarde comme si elle attendait la chute de la blague, mais comme l'autre dit rien, elle enchaîne.

— C'est vous qui savez. J'ai des papiers à vous faire signer dans l'immédiat. Vous pourrez vous promener après.

La fille du train accepte.

— Il y a une consigne où je peux déposer ma valise ?

J'entends pas la réponse d'Isobel parce qu'elles s'éloignent, dissolvant l'équipe qu'on formait. Je suis la fille des yeux, les éléphants de sa valise brillent à cause des reflets de la rosace dorée sur le marbre. Je sais pas pourquoi elle transporte une valise aussi grande si elle repart déjà ce soir. Bermann attend que son cul ait disparu parmi les ouvriers. Il vient tout près de moi.

— Liv Liv Liv…

Je dis rien en regardant ailleurs. C'est vrai que la grande horloge sous la verrière du hall pourrait indiquer midi comme minuit, j'y avais jamais fait attention.

— Et Zed ?

Quoi Zed, je réponds, en levant les yeux pour les planter dans ceux de Bermann. Ils sont humides avec du jaune dans les coins. Dire que ce type a quasiment mon âge. Il laisse tomber.

— Bon. Voilà comment ça va se passer. On va faire l'inventaire du convoi pour constater, comme d'habitude, que le contenu ne correspond pas au bulletin de livraison. Personne ne pourra prouver que ce sont les vandales de service qui ont fait le coup, parce que la petite bègue n'a rien dans les poches, et encore moins l'autre rigolo qui a eu la bonne idée de se volatiliser. On constatera, en revanche, que la cocotte se trouvait dans un train formellement interdit aux passagers.

Bermann sourit avec juste les lèvres pendant que ses yeux disent un truc plus inquiétant.

— Et la cocotte recevra sa sanction.

Et la fille du train alors ? Elle était aussi dans le wagon, non ? Elle avait un ticket peut-être ? Je galère à former les phrases, ce que j'ai envie de me baffer quand mes mots patinent comme ça, Bermann m'écoute pas et enchaîne.

— Puisqu'on en parle, il te reste deux journées à purger, si j'ai bonne mémoire. Allez, en route.

À la sortie de la gare, le soleil a toujours pas réveillé les couleurs, c'est la même lumière laiteuse. La brique rouge des façades qui entourent la place reste triste. La fille du train va découvrir Terdef sous cet éclairage sans savoir qu'il y a des jours où c'est beau ici. Tant pis pour elle. Je donne un coup de pied dans une poubelle, Bermann me retient par l'épaule.

— Elle fait la tête, la cocotte ? C'est pas bien de vouloir jouer aux gendarmes et à la voleuse sans respecter les règles. Des fois tu gagnes, aujourd'hui tu perds.

Quand on passe devant le café des Mineurs, il s'arrête.

— Je dois voir un truc ici. Tu n'as qu'à te rendre au poste, tu prends le matériel et tu t'y mets. Ou tu veux que je te dessine le chemin ?

Voir un truc, dans le jargon, ça veut dire se mettre bien avec une bière. J'ai presque envie de lui conseiller d'y aller mollo à 6 heures du matin, et si c'était Anatoli je lui dirais. J'aime bien Anatoli, c'est un des plus vieux d'ici, je crois qu'il a presque soixante ans et c'est un des seuls qui tousse pas, peut-être parce qu'il bosse que dans son train, pas à la mine. En tout cas Bermann, il peut aller se brosser et crever la bouche ouverte.

Je continue seule jusqu'au commissariat, à l'autre bout de la place. J'entre et j'entends la voix d'Isobel derrière la porte de son bureau. Il y a aussi la voix de la fille, son accent agaçant. Zed aurait dû y aller plus fort. Je prends le matos et je ressors.

2

Anatoli dit qu'à la capitale, il y a des équipes de nettoyage avec des outils professionnels, des combinaisons intégrales, des visières, des masques, des karchers au sable. En quelques minutes la peinture se détache, le wagon redevient ce qu'il était, ou le mur, comme si jamais personne avait pris le temps de former les lettres et de choisir les couleurs, de soigner les finitions, de signer sa pièce. Ici, tout ce qu'on me donne, c'est une bouteille d'eau et un seau, de la benzine, une éponge et je frotte. Certaines surfaces accrochent mieux que d'autres, il y a des peintures qui résistent mais pas les gribouillis dont Zed a recouvert la grande vitre du café des Mineurs, ça ça part tout seul, et d'ailleurs ça va trop vite. Je plonge cent fois l'éponge dans la même eau qui navigue entre le violet et le noir, et je remonte sur l'échelle.

Le café des Mineurs, c'est le dernier qui nous reste. C'était aussi le premier à ouvrir, au tout début. Il était là avant la gare, avant la mine, avant qu'on donne à cet endroit le nom de Terre-des-Fins. Il préexistait a dit maman, un mot que j'ai retenu. Des fois j'imagine le café posé au milieu de la plaine, avec rien autour et des gens dedans qui boivent sans se parler. Le lieu est tout petit et a tout de suite l'air plein. Un jour comme aujourd'hui, le brouhaha des Mineurs fait croire qu'il y a encore des choses à espérer.

Frotter me rend invisible, je fais mousser la vitre et j'observe à travers les coulures. Anatoli est au bar, son dos courbé sur un tabouret haut, il attrape le verre de rouge que Donna lui tend avec un bol de chips, il sort un journal plié de sa poche et se lèche un doigt. Bermann est appuyé contre un mur près de la porte, il fume en buvant sa bière au goulot. Il y a des ouvriers qui ont mis leurs lunettes sur la tête pour discuter. Isobel entre et va directement vers Bermann, ça a l'air sérieux parce qu'ils s'interrompent quand la fille du train entre aussi, ils la regardent s'asseoir à la table calée contre la vitre. Exactement sous moi.

La fille a posé sa valise sur le carrelage, elle l'entrouvre pour feuilleter des dossiers en papier coloré. Elle lit un document que je pourrais lire aussi si la vitre était pas trouble à cause du savon, elle écrit quelque chose au stylo, pose deux doigts sur son front, elle se lève toutes les cinq minutes pour utiliser le téléphone, le rouge, installé dans un renfoncement à l'arrière près des toilettes, juste sous la lampe horizontale rouge aussi en forme de gélule pour la chiasse. Sa voix traverse pas la vitre, je sais pas lire sur les lèvres, je peux juste observer sa démarche, la manière qu'elle a de reposer le combiné, le froncement de ses sourcils ou un sourire furtif. Elle lève jamais les yeux sur moi ni sur personne. Quand elle fait un signe à Donna pour payer, je descends de mon échelle sous prétexte d'aller vider l'eau au coin. Elle sort du café et part dans l'autre direction sans se retourner.

Plus tard, Bermann vient me taper l'épaule. Il pue l'alcool.

— C'est bon elle est propre, cette vitre. Va voir ailleurs si j'y suis et mange un truc.

Je pousse la porte du café et je regarde. Les sandwichs du train viennent d'être posés en pyramide dans l'armoire vitrée, ils ont l'air super frais mais coûtent une blinde, je choisis un invendu du mois passé avec un pain sans croûte, une lamelle de fromage et une moutarde bien jaune. Donna fait une coche sur notre ardoise, à Zed et moi, il commence à y en avoir pas mal, je souris avec courage. Je me pose à côté du banc devant la gare, une sorte de planche à repasser en métal et sans dossier, ils s'y seraient pas pris autrement s'ils avaient voulu faire le truc le moins confortable du monde. D'ici je vois toute la place, avec le commissariat, le café, l'épicerie et les arcades abandonnées autour. Je sors mon stylo-bille, le bleu-vert que j'aime bien, et je trace des croquis sur le papier du sandwich. Ça vaut rien dirait Zed s'il regardait. Il est sévère mais c'est pour mon bien, pour que je progresse.

L'après-midi, Bermann m'assigne l'œuvre plantée sur le rond-point de la rue du stade, et là j'ai plus besoin de faire semblant de frotter. C'est un truc ancien de Mitch Cadum, un cylindre de cinq mètres avec des failles, qui prend l'air, le soleil et tous les ouragans depuis vingt ans – peut-être plus mais avant j'étais pas née, je peux pas dire. Une pièce qui fait partie des meubles, tout le monde doit être d'accord pour dire qu'elle est moche, mais ça jamais on l'admettra parce qu'à Terdef, Mitch Cadum, on lui doit tout.

Ça m'arrive d'essayer de comprendre les motivations de ce type, encore jeune à l'époque, qui débarque dans cette ville parce qu'il fait une fixette sur le minerai qu'on exploite ici – de la pierre de construction, résistante aux incendies et surtout bon marché. Ce qu'il crée à partir de ça, pendant des années tout le monde s'en tape. Je bloque à chaque fois que j'essaie d'imaginer comment ça a pu se passer pour lui. Il s'en est forcément pris plein la gueule les premiers temps, rien qu'avec la mentalité. Facile de se foutre de lui tant que la mine tourne à fond et fait grandir la ville, c'est juste un parasite, le marginal du bled. On rigole moins quand des articles sortent et que c'est officiel : le minerai tue les gens. Les œuvres du petit artiste local deviennent toxiques. Enfin, elles l'étaient déjà, mais maintenant on le sait et on se met à se les arracher. À la capitale surtout. Il a été plus que correct, Mitch Cadum. À sa place je me serais tirée avec le fric. Lui il est resté, et même, il a donné une partie du blé à Terdef, par reconnaissance soi-disant. En vingt ans, la mine a pratiquement arrêté d'exploiter. Si on est encore là aujourd'hui, c'est grâce à lui.

Depuis toute petite on nous raconte cette histoire, alors je peux pas faire semblant que je savais pas à qui je m'attaquais en peignant sa pièce, l'autre soir. Zed était chiant et j'étais mal. Je me suis barrée de la cabane. C'était une nuit où l'électricité marchait pas en ville. Quand je suis passée près du rond-point ça m'a donné l'idée, je suis rentrée discrètement à la cabane prendre les bombes, je suis revenue vers l'œuvre et je m'y suis mise comme une brute. La pierre me suppliait d'abréger ses souffrances, elle aspirait la peinture. C'est le truc avec le minerai, ça fait buvard et il faut mettre la couche.

J'écrivais rien, je dessinais pas, mon souvenir du moment est pas net mais c'était bien. Le lendemain, Isobel a pas mis long à repérer le *liv* en minuscules, j'avais signé dans un coin comme une conne. Bermann a cogné contre la cabane, je venais à peine de m'endormir. Difficile de nier avec les doigts collants de peinture. Il m'a traînée pour me mettre le nez dans mon crime mais il aurait quand même pu admettre que la pièce avait de la gueule maintenant. Ça faisait grande ville, ça donnait de la prestance aux baraques autour du rond-point. C'est resté comme ça pendant trois jours, le temps que je signe la déposition, tout le monde a eu le temps de voir le résultat et ça m'a fait plaisir.

Frotter en haut d'une échelle c'est rien. La bordée que je me suis prise de Zed parce que j'avais gaspillé sa peinture, c'était la vraie punition.

En même temps que la couleur, j'ai l'impression que la croûte de la pierre s'effrite sous l'éponge. Dessous c'est plus mou, fibreux. L'eau dans mon seau a brillé comme le soleil au fond d'un étang pendant cinq minutes avant de devenir noire. La peau de mes mains est rouge.

— C'est un scandale.

Je reconnais tout de suite la voix. Je me retourne en sursaut. La fille du train est debout au pied du rond-point, sa valise à la main. Elle la lâche jamais ou quoi ? Elle lève la tête dans ma direction.

— Vous ne trouvez pas ça révoltant, vous ? Qu'on vandalise des œuvres d'art ?

C'est vraiment bizarre, comme elle prononce les R. Je suis tentée de lui donner mon opinion – vous avez pas vu la gueule de ce machin avant mon intervention –, mais je hausse juste les épaules. Elle a pas besoin de savoir que je suis responsable de ce qui m'arrive. Je dis que je suis là pour nettoyer.

— Je sais bien. Mais quand même. Vous avez une idée de combien elle vaut, celle-ci ? Elle est en couverture du tout premier catalogue raisonné de Cadum.

D'où elle l'appelle Cadum comme si c'était son pote ? Zed il dit Mitch mais il a ses raisons. Moi je dis toujours Mitch Cadum, par respect. Cadum tout court, ça change la couleur. C'est comme ça qu'ils doivent dire à la capitale, ils s'approprient tout.

La fille vient plus près. Je sais pas ce qu'elle me veut, s'il va falloir que je me défende ou que je courre. Je descends de l'échelle et je la plie. Ça fait des heures que je frotte, la lumière commence à jaunir, je pourrais simplement m'en aller. Je lâche l'éponge dans le seau et essuie mes mains dans mon t-shirt. Le contact du tissu est douloureux, peut-être que mes doigts vont se mettre à saigner, ça arrive.

— C'est pour être montée dans le train ce matin ?

Je dis non, c'était pour une autre fois. Tant que je m'en tiens à des phrases courtes, ça va, je gère. Je balance l'eau sale au pied de l'œuvre, je place l'échelle sur mon épaule et je me mets en route sans regarder la fille. J'ai rien à lui dire.

— Attendez ! J'aimerais vous poser une question.

Dans le doute, tais-toi – un conseil de maman. Je la regarde brièvement. Elle me suit. C'est la fin de la journée et les gens convergent vers le café des Mineurs. Je marche en sens inverse, il y en a qui me bousculent, elle on s'écarte pour lui faire de la place.

— Vos mains… Vous n'avez pas mis de gants ?

L'anse du seau me scie la paume. Je le passe d'une main à l'autre, je plie et déplie celle qui est libre mais même le contact de l'air est insupportable. Mon épaule commence à faire mal aussi. J'ai doucement la dalle.

— Vous êtes au courant que ces œuvres sont toxiques ?

Elle insiste, la citadine. J'ai envie de lui dire que c'est pas parce qu'on vit loin de la capitale qu'on est con. Elle-même se serait jamais déplacée jusqu'ici si les œuvres étaient pas toxiques. Je repense à mon rêve de papa, cette nuit. Moi trop petite, trop nulle pour articuler les mots qui l'auraient retenu d'aller à la mine.

— Écoutez, j'ai besoin de votre aide.

Je continue à marcher sans rien dire, mais moins vite. Au lieu de redescendre vers l'ancienne église pour arriver sur la gare, je bifurque en direction de la piste d'athlétisme. Il y a plus grand monde qui vit ici. Des volets se ferment sur notre passage. Je ralentis encore et change l'échelle d'épaule pour laisser la fille venir à ma hauteur.

— Je suis choquée. Je connais le travail de Cadum depuis toujours, et de voir ces chefs-d'œuvre abandonnés comme de vulgaires rochers au milieu de la ville, et puis vandalisés… Ça me fait mal, vous comprenez ?

Je demande ce qu'elle leur trouve, à ces chefs-d'œuvre, comme elle dit. Je bute sur le grand mot, plusieurs fois, je m'énerve, elle met du temps à me répondre. C'est clair que je lui fais pitié

— Eh bien… Je ne sais pas comment vous expliquer.

Je lui dis qu'elle a qu'à essayer, que je suis pas débile. Cette fois ça sort d'une traite. Elle a l'air surprise, elle retire ses lunettes de soleil qui de toute façon servent à rien.

— Leur côté monumental et friable à la fois. Leur couleur changeante. Leur beauté dangereuse. Vous trouverez que j'exagère mais il me semble que tout y est : la finitude, les joies fragiles et éphémères de la vie. Cela dit quelque chose de nous. C'est en tout cas mon impression, forcément difficile à exprimer.

Je tords ma bouche vers le bas. Deux choses m'apparaissent. Un, la citadine est vraiment paumée dans Terdef. Et deux, elle va être facile à pigeonner. Peut-être même qu'elle va sauver ma journée. Je vais dans son sens, je lâche que les œuvres de Mitch Cadum, on les trouve moches mais on les respecte.

— Recouvrir ces merveilles avec de la peinture, je n'appelle pas ça du respect.

Si, je dis. C'est différent, mais c'est du respect. C'est difficile à exprimer, comme elle vient de dire.

— J'imagine que vous êtes au courant pour la grande rétrospective qui aura lieu dès la fin de la semaine à la capitale ?

Elle attend pas ma réponse.

— On remet en valeur tout le parcours de Cadum, depuis les œuvres de jeunesse, y compris ses fameux cubes de fibres, qui rappellent qu'à l'origine, c'est le côté textile de la pierre qui l'a attiré si loin de chez lui. Avec la pièce maîtresse, l'exposition sera complète. Je dois m'assurer qu'elle arrive à temps, Cadum a dépassé tous les délais qu'on lui avait accordés. Mais elle est superbe. Vous l'avez vue, à la gare ?

Il faudrait être aveugle pour pas l'avoir vue.

— *Asbest I.* Le début d'une nouvelle phase dans son processus, de véritables morceaux de montagne, excavés et taillés sur place. Une fois montée, l'œuvre fera trente mètres de haut. C'est pharaonique. Le nouveau musée a construit une salle spécialement pour elle. Elle y restera même après l'exposition.

On s'est éloignées du centre et on arrive à la fin des rues en dur. On pénètre une zone où la plupart des bâtiments sont vides depuis longtemps. La route disparaît sous la végétation, ça montre juste que Terdef a été posée dans la plaine mais qu'elle a rien à y faire. Les herbes l'encerclent, elles vont cogner comme des vagues le pied des montagnes. Ça me donne envie d'y aller. Dès qu'on s'élève même rien qu'un peu ça aide à respirer. Mais si on sort de la ville, je pourrai plus faire semblant de ramener la fille quelque part, alors je ralentis et je tourne en espérant qu'elle remarque pas qu'on fait des boucles. On se regarde toujours pas, c'est à l'oreille que je repère le changement dans son attitude. Elle hésite.

— J'ai une question. C'est idiot, ça fait groupie…

Pourquoi elle est gênée alors qu'il y a trois minutes elle me prenait pour une conne ? Je l'observe du coin de l'œil et elle a l'air beaucoup plus petite tout à coup. Elle s'est arrêtée.

— Cadum… Il est comment, en vrai ?

Comme je réponds pas elle enchaîne, le visage rouge.

— Je veux dire, j'ai lu tout ce qu'on a écrit sur lui, mais son dernier entretien date de plus de vingt ans, et je me dis, maintenant que je découvre Terre-des-Fins, une petite ville comme celle-ci, vous devez forcément le côtoyer, non ? Est-ce qu'il va au supermarché, est-ce qu'il se déplace à pied ? J'ai espéré le croiser toute la journée. Votre commissaire n'a pas pu m'aider, personne a voulu me dire où il vivait.

C'est parce qu'il est discret. Il sort pas de chez lui. J'ai dû le voir trois fois en tout. Il a des gens qui lui font ses courses. Je respire un coup avant de continuer. Il est super vieux.

Elle se ronge un ongle maintenant. On dirait qu'elle réfléchit. De l'autre main elle lâche pas sa valise. Je sais pas pourquoi ni où elle s'est changée mais elle porte d'autres vêtements que ce matin, encore plus chics. Elle sent le fric. Quand le bout de l'ongle se détache, elle tourne la tête et souffle presque sans bruit pour l'expulser de ses lèvres. Elle se rend pas compte que c'est dégoûtant.

— Je connais ses prises de position. Son refus du Grand Prix d'Art, et son pamphlet, « La Faim des musées ». Je sais qu'à ses yeux, les gens comme moi sommes au service du capitalisme, et que les institutions culturelles sont des entreprises comme les autres, qui vampirisent le travail des artistes – c'est l'un de ses derniers propos publics. Mais… Vous pensez que c'est complètement insensé d'imaginer…

Le rencontrer? Je reste la plus naturelle possible en lâchant le verbe. Elle par contre, je la sens vibrer du bas des talons jusqu'au haut des oreilles, un lemming qui se dresse, et siffle un oui qui en finit pas. Elle regarde au fond de mes yeux. On est plantées au milieu d'un carrefour, il faut que je décide si je prends à gauche ou à droite. À droite on longe la ville par le sud, on traverse encore des quartiers déserts et ça prolonge la discussion. À gauche la rue fait une demi-lune après l'ancien cinéma et en trois minutes on est de retour à la place de la gare. Je réponds que son idée est pas complètement insensée, non.

— Donc vous pourriez mettre cela sur pied?

Va pour la droite. Je dis que je peux essayer mais que ça va coûter quelque chose. Je me prépare à l'entendre rire ou protester. Elle penche la tête.

— Oui évidemment, je comprends, c'est normal. Vous pourriez articuler un chiffre?

Je pensais demander cinquante, mais quelqu'un qui parle comme ça, articuler un chiffre, et qui a des ongles pareils, on doit pouvoir en tirer plus. Je dis dans les cent. Quelque chose passe sur son visage, c'est un sourire, je comprends que j'aurais dû demander plus. Elle s'accroupit, pas comme on le fait nous quand on attend au passage à niveau, elle s'accroupit en restant élégante et le dos droit pour entrouvrir sa valise. Elle en sort un porte-monnaie dont elle tire un billet d'une couleur qui circule pas ici. Je vérifie autour comme si on allait nous voir. Je suis même pas sûre qu'ils me l'acceptent, au café des Mineurs ou à la quincaillerie. Elle me le tend. Le billet est rigide, il a l'air neuf. J'ai encore l'échelle et le seau dans les mains. Je dis que je préfère voir d'abord si c'est possible. Mitch Cadum est très vieux, je répète en butant sur le très. Elle baisse le bras, je propose cinquante maintenant et cinquante pour plus tard.

— Marché conclu. Moi c'est Sora, au fait.

Elle me fait un clin d'œil et sort un billet jaune, ceux-là je les connais, c'étaient ceux de la paie des parents, une petite liasse qui nous donnait l'impression qu'on était une famille normale. Après deux semaines il fallait quand même remettre de l'eau dans le lait. J'empoche le billet. L'échelle me tombe de l'épaule avec un bruit de ferraille, Sora m'aide à la relever et je dis Liv, mon nom c'est Liv. Elle sourit, on se tait, on marche dans les rues. Tout le monde est au café ou rentré à la maison. Sora vérifie son poignet et secoue la tête en soupirant.

— Vous savez quelle heure il est ?

Je lève les yeux, je dis qu'il doit être dans les 8 heures du soir.

— Mais le train va partir !

Je hausse les épaules.

— Il fait encore tellement jour, je ne pensais pas qu'il était si tard. Il faut que je prévienne ma hiérarchie. On est loin de la gare ?

3

Le café des Mineurs est plein comme un cul. Anatoli et Isobel sont encore au fond, ils ont mis un échiquier entre eux et pas mal de vaisselle sale, ils jouent pas et je me demande de quoi ils parlent. À Terdef, si tu bosses pas à la mine, si t'es pas policière ou disons mécano, t'as pas plus de raisons de rester que de te foutre en bas d'une montagne. Du coup ceux qui restent, je me demande toujours à quel moment ils ont décidé de pas partir. Bermann pense qu'il deviendra chef quand Isobel sera trop vieille. Donna a le seul job de la ville qui paie, et encore, tout le monde vit à crédit. Anatoli est marié à sa locomotive – c'est le seul qui passe chaque mois quelques jours à la capitale en attendant le chargement du convoi, j'hallucine de voir qu'il reste pas là-bas. Zed voudrait travailler à la mine et pérenniser sa vie pour arrêter de braquer des trains. Il doit s'occuper de moi aussi. Une orpheline, bègue et douée en rien, ça crève en deux minutes dans une capitale. C'est ce qu'il dit, même s'il y est jamais allé non plus.

Sora est entrée. Je laisse l'échelle et le seau devant le café. La fumée occupe les espaces entre les gens, je traverse pour la rejoindre tout au fond, vers le téléphone. Je m'approche pour rien rater de la conversation, tant pis si ça fait malpoli. Sora dit des trucs comme « je suis obligée de prolonger mon séjour, juste pour cette nuit, l'œuvre n'est pas encore prête » et « je sais, j'en suis navrée, c'est la province, on est vraiment loin de tout, ici ». Et encore « je serai de retour demain soir avec l'œuvre, bien sûr, sans faute, oui, je sais que l'exposition ouvre samedi, j'en ai pleinement conscience ». Elle dit rien au sujet de Mitch Cadum, que c'est pour le rencontrer qu'elle reste encore. Elle raccroche, ferme les yeux et ensuite me regarde en riant comme si on avait fait une grosse bêtise. Elle a menti sans trembler. J'aurais dû monter le prix.

On ressort sur la place. Quand elle me demande quel hôtel je lui conseille, j'hésite à lui dire qu'il y a un quatre-étoiles juste derrière le café des Mineurs, mais je connais pas son humour et il y a des chances pour que je me broute. Je hausse les épaules. Elle commence à être inquiète, ça se voit parce qu'elle se remet à charcuter ses ongles.

— Il n'y a pas une pension, quelque chose?

Je dis que je dois aller remettre le matos au commissariat, Bermann est de piquet, peut-être qu'il aura une solution. Je la sens pas chaude. Elle a bien vu que Bermann, chaque fois qu'il la regarde, c'est avec une idée dégueulasse derrière la tête. J'attends qu'elle soit presque en panique, je me mets en route et je lâche, pardessus mon épaule, que sinon je peux aussi l'héberger si elle sait pas où aller.

— Vraiment? C'est très gentil.

Elle me court après, elle est marrante. Je réponds que tout est possible contre un autre de ces billets jaunes.

On longe les barres d'immeubles qui ceinturent le sud de Terdef, construites dans cette éternelle brique rouge que Zed dit qu'il peut plus voir en peinture, il faudrait tout recouvrir à la bombe. Les logements font huit étages, déserts, certaines entrées ont été condamnées avec des planches, je reconnais des vieux graffitis de Zed. Il débutait à l'époque, c'est pas terrible mais personne a osé repasser dessus parce que c'est Zed. Les miens tenaient jamais plus de quelques heures, c'est aussi pour ça que j'ai arrêté de faire les rues et que je me suis rabattue sur les entrepôts.

— Ça ne dérangera pas vos parents?

Sora traîne la patte avec ses hauts talons, elle marche très lentement. Je suis crevée alors je réponds rien. On doit détonner toutes les deux, ratte des villes et ratte des champs, fille de cocktails et fleur de poubelle. Après la dernière barre, on rejoint le chemin de fer. La lumière baisse au ralenti, l'herbe ondule comme si elle était liquide, il va peut-être pleuvoir, c'est bien, ça nous fera des réserves d'eau. De temps en temps Sora s'arrête et se retourne. Les montagnes qui surplombent Terdef sont déjà bleu foncé et la ville minuscule.

— C'est encore loin ?

Elle a repris ce ton agaçant de dame de la capitale mais ses gestes disent surtout qu'elle a peur.

— On s'éloigne beaucoup du centre, non ?

Quand la lumière est comme ça, avec le vent du soir et la fatigue, je crois en des choses. Ça a à voir avec le mouvement de l'herbe, avec les insectes, les oiseaux, les daims qui broutent les trottoirs défoncés de Terdef. Ça a à voir avec maman qui s'apaise quand elle peut enfin arrêter de chercher l'air et avec mon rêve de papa la nuit dernière. J'ai demandé une fois à Zed s'il avait ça lui aussi, cette espèce d'appel du dehors. Il m'a répondu que je racontais vraiment n'importe quoi.

Je marche en équilibre sur un rail. Je pourrais le faire les yeux fermés mais je mime la concentration, regard fixe, bras tendus.

— C'est pas dangereux de faire ça ? Et si un train déboule sans crier gare ?

Qu'est-ce qu'elle s'imagine? Il y a un seul convoi par mois et en ce moment, il l'attend elle, sagement à la gare. Je passe d'une traverse à l'autre, je me concentre pour éviter de penser à mes phalanges qui brûlent encore. Quand on arrive au passage à niveau, elle lit le panneau rouillé. « Attention aux trains ».

— J'ai raison, c'est écrit que c'est dangereux.

Elle lit la suite à haute voix.

— Arrêtez-vous, regardez, écoutez. On dirait un cours de yoga.

Je lui explique que quand on vient ici on s'arrête, on regarde et on écoute, c'est vrai. Pas parce que c'est écrit, mais parce que c'est le meilleur spot pour monter dans le train en marche. Et dès que les mots sortent je m'entends les dire et je vois leur effet pas prévu. Quelque chose modifie son visage, elle se passe la main sur la joue, là où Zed l'a frappée, alors j'enchaîne, je lui dis qu'ici, elle peut crier tout ce qu'elle veut, gare ou autre chose, personne l'entendra. Et comme je sens que cette phrase est pas très rassurante non plus, je joue le truc jusqu'au bout et je lui montre, je crie le mot gare, avec un long A, je reprends mon souffle et je pousse un hurlement de louve. Sora me fixe comme si j'étais folle.

À la capitale, son appartement est ensoleillé avec des tapis du sud, de la décoration et une baie vitrée sur les gratte-ciels. C'est comme ça que je me représente. Ce qu'il y a de sûr, c'est que sa maison ressemble pas à la cabane. Plus on s'en approche, plus Sora ralentit. Son regard souligne les fenêtres colmatées avec des bâches, les matelas qu'on a dû lever contre les murs pour isoler, la tôle pas droite sur le toit. Son regard rend tout encore plus merdique, même si elle dit rien, elle est trop bien élevée pour poser la question qui brûle : tu vis vraiment dans ce taudis ? À la place elle fait son cinéma.

— D'habiter si près des voies, ça doit faire rêver non ? Embarquer dans un train et voir où il nous emmène.

J'ai rien à répondre à cette connerie et mon silence doit la gêner, elle se rabat sur ce qu'elle voit maintenant, les clapiers alignés devant la cabane. Elle se penche sur les grillages.

— Des cochons d'Inde ! C'est adorable !

Je lui réponds que c'est aussi assez bon, elle ouvre de grands yeux et je souris pas, histoire qu'elle sache tout de suite que je suis sérieuse. Les mois où on est à court de maïs, si on a plus rien à leur donner, ils meurent en quelques jours, alors autant les manger.

Je pousse la porte et si j'avais été polie je l'aurais laissée passer d'abord. J'allume pas, on allume jamais. La génératrice doit servir seulement en cas d'urgence, chaque goutte d'essence est plus précieuse que n'importe quelle œuvre de Mitch Cadum, Zed me le répète assez.

Sora reste un moment sur le seuil, à la limite de la pénombre. Je lui dis d'entrer, et on dirait qu'elle se force à le faire. Elle laisse la porte ouverte derrière elle.

L'automate est en marche. On peut pas le rater, c'est un gros buffet d'acajou dans lequel des poupées dansent dans un salon bleu. Zed met cette chanson pour être gentil ou quand il veut me récompenser pour un truc – en l'occurrence m'être fait choper ce matin à sa place. Il pense pas très bien, Zed, il jure beaucoup, il cogne fort mais il fait aussi des choses plus douces, comme apprêter une conserve de sardines et des blettes, ou choisir le bon morceau au bon moment. Il m'attend sur la banquette, deux boîtes de lait condensé posées sur la table. Il sourit, mais ça disparaît en une fraction de seconde quand ses yeux quittent mon visage et vont se poser derrière moi. Il se lève à cran.

— Putain qu'est-ce qu'elle fout ici celle-là ?

Je me retourne. Sora se tient immobile, le corps raide, même si j'ai l'impression que dans sa tête elle fait déjà marche arrière. C'est comme deux renards la nuit dans la rue, et moi entre les deux je pourrais bien attraper la rage si je fais pas gaffe. Sans quitter Zed des yeux, Sora murmure entre ses dents.

— Tu vis avec ce malade ? C'est ton mec, c'est ça ?

Elle est pâle comme ce matin dans le train, elle regarde le chemin derrière elle, la nuit bleue, c'est sûr qu'elle évalue ses chances de fuite mais elle doit se dire que c'est mort. Je réponds que non, c'est mon frère, comme si ça devait suffire à la rassurer. À Zed, je dis de se rasseoir et de pas la toucher, qu'elle a juste besoin d'un endroit où crécher cette nuit. Je précise qu'elle veut rencontrer Mitch Cadum et qu'on va l'aider. Je regarde Zed tout au fond des yeux et je le lâche pas. Alors il se laisse retomber sur la banquette, mâchoire vissée. Sora a pas bougé, je passe derrière elle pour aller refermer la porte et je lui propose un verre d'eau en la poussant gentiment vers le centre de la pièce. Elle penche la tête sur le côté mais tout son corps est rigide.

— Je veux bien.

Je ressors pour aller au jerrican mais Zed m'arrête.

— Te fatigue pas c'est bon.

Je repère le seau, posé dans l'évier, sous le robinet hors d'usage. J'ouvre un placard, en sors deux tasses à café en porcelaine que je tiens par l'anse pour les plonger dans l'eau. J'en tends une, dégoulinante, à Sora qui la prend et la vide d'un trait, toujours debout à côté de la table. Elle se passe la main sur le visage en nous regardant alternativement.

— Mais qu'est-ce que je fais ici, qu'est-ce que je fais ici…

Je lui ressers une tasse, cette fois elle la boit plus lentement, tant mieux parce qu'il faut économiser et je suis pas sûre qu'elle s'en rende compte. Elle regarde la tasse, la banquette, l'automate qui repasse en boucle la même chanson.

— C'est quoi cet endroit? Ça vient du train, tout ça?

Elle a l'œil, quand même. Je dis que oui, tout ici vient des trains. La vaisselle, les lampes qu'on peut plus allumer, la bouffe et même la vieille télé, juste pour la déco. Elle s'approche de l'automate et j'explique. Il fonctionne pas à l'électricité, c'est mécanique, tu mets une pièce et ça joue. Il date d'avant la rénovation de la gare, il traînait aux entrepôts, sûrement depuis des siècles. Je dis encore qu'on a transpiré pour le trimbaler jusqu'ici et je me force à rigoler, il me semble que c'est ce qu'elle ferait après une phrase comme ça. Mais est-ce qu'elle ferait une phrase comme ça? C'est peut-être mon rire, ou l'eau de pluie qu'on a bue, en tout cas elle est moins pâle. Elle regarde son poignet, secoue la tête.

— Bon. Il est quelle heure?

Je sais pas quoi lui dire. C'est une obsession chez elle.

— Je meurs de faim. On mange quand chez vous?

Je lui réponds qu'on mange quand on veut, même si en général c'est plutôt quand on peut. Aujourd'hui on peut. Et comme c'est mon invitée en quelque sorte, je me retrousse les manches.

J'avais pas remarqué que la brûlure de mes mains remontait presque jusqu'aux coudes.

Le jour du train, on s'autorise un gueuleton, c'est la tradition. Pendant que Bermann s'acharnait sur moi ce matin, Zed est revenu en arrière, il a ramassé ce qu'on avait eu le temps de bazarder au bord des voies. Maintenant il m'aide à préparer le repas, il ouvre des conserves, il va remplir une casserole pendant que j'allume le feu dans la cuisinière à bois. C'est assez compliqué, le bois, parce qu'il y en a pas autour de la cabane, seulement de l'herbe. D'un côté, la plaine traversée par le chemin de fer, de l'autre Terdef au loin qui se découpe contre les montagnes. C'est là-bas qu'il faut aller, les montagnes. Il y a une forêt où je ramasse les branches mortes pendant que Zed mutile les arbres. Il dit que c'est mieux le bois vert, il l'entrepose pour le laisser sécher parce que ça fait de belles flambées, et quand il dit ça je crois entendre papa.

À la capitale, Sora doit boire des sodas et se régaler de fraises fraîches avec de la crème. Je lui tends un autre verre d'eau. Voir Zed qui s'active à la cuisine et qui semble pas avoir envie de la violenter, ça doit la mettre en confiance, en tout cas elle demande ce qu'elle peut faire. Elle enlève ses chaussures, marche en collants sur les planches sales à distance de Zed sans le regarder. On dirait que les deux sont pas là en même temps.

— Je peux m'occuper des tomates. Il y a des oignons ?

J'avais même pas vu que Zed avait ramassé les tomates ce matin. J'ai envie de le serrer dans mes bras, en plus c'est des vraies, pas en boîte, pas pelées, pas vertes, mais entières et presque rouges, dures comme des pommes. Sora en prend trois et s'approche du seau d'eau dans l'évier. Je pose une main sur son avant-bras pour stopper son geste. On va quand même pas gaspiller de l'eau propre pour laver des tomates. Je lui reprends celles qu'elle tenait et je les frotte rapidement sur mon t-shirt. Voilà, ça fera l'affaire. Et non, il y a pas d'oignons.

Je fais cuire les pâtes, je les égoutte en récupérant l'eau dans une autre casserole, j'attends qu'elle réchauffe et j'y verse trois tasses de riz, ça fera pour les prochains jours. J'hésite à faire des œufs, j'en meurs d'envie mais Sora sera encore là demain et je veux pas qu'elle pense qu'on mange la même chose le soir et le matin. Au moment où je me dis qu'on a pas trouvé de viande à bord du train, Zed pose devant moi une boîte de corned-beef.

— Tu l'as pas vue venir celle-là hein ?

Il me fait son sourire d'ange et la minute d'après, il jubile en brandissant un bocal de mayonnaise. Sora le regarde pour la première fois avec presque de la sympathie.

La nuit est violette dehors quand tout est prêt. Je laisse la banquette à Zed et Sora et je m'assieds par terre. Les couverts sifflotent sur les assiettes, Zed mange ses tomates avec les doigts, Sora devait crever de faim parce qu'elle se jette sur le maïs et se ressert deux fois de pâtes à rien. Je lui demande pourquoi elle prend pas de thon ni de corned-beef alors que c'est clairement ce qu'on a de meilleur.

— Je suis végétarienne.

Et elle précise après un silence.

— Je ne mange pas d'animaux.

Zed répond du tac au tac.

— C'est pas des animaux c'est de la nourriture.

Elle a un sourire poli, j'avale en vitesse ce qui reste de thon et je lèche mon assiette. Je partage ma boîte de lait condensé avec Sora. Après ça, plus personne parle, on est avachis, c'était une longue journée pour tout le monde. Je nous revois Zed et moi ce matin dans le wagon passager, ce que j'ai pris pour un grand sac dans le coin, et je me marre intérieurement parce que je doute que Sora soit souvent comparée à ça. Elle bâille toutes les trois secondes, regarde son poignet, lutte pour garder les yeux ouverts, on voit qu'elle attend juste qu'on lui dise où elle peut dormir. Quand Zed se lève, je l'appelle, elle, mais sans dire son prénom, j'arrive pas à dire Sora à haute voix, ce serait comme un truc trop personnel, alors je dis eh. Eh ! Je finis par lui secouer le genou et elle sursaute. Viens avec moi.

Il y a presque rien dans ma chambre, c'est juste un lieu où je rentre dormir de temps en temps. C'était différent avant, dans la maison avec les parents, en face de la gare. Les murs étaient en brique, j'avais eu le droit de décorer. J'avais tout recouvert avec mes croquis que je fixais au double-face et des affiches que la compagnie de chemin de fer liquidait. Sur la plus grande, une femme en noir et blanc avait l'air de rien faire mais pas d'attendre non plus, elle se suffisait à elle-même. Je me souviens de ce que ça disait, je l'ai tellement regardée : « Boucler les valises. Sauter dans le train… et loin. » La première fois qu'on est montés dans le train en marche, avec Zed, je me suis récité la phrase et ça m'a mise en colère, c'étaient des mensonges, on avait pas de valise et le train nous a seulement ramenés au point de départ, Terdef, gare terminus.

Dans ma chambre de la cabane, les planches sont branlantes et c'est la moisissure qui les décore. Mon lit par contre, je fais en sorte qu'il soit propre, J'ai trouvé des housses en satin dans les 1res classes aux entrepôts. Ce soir j'en suis contente, Sora peut s'y allonger sans que j'aie honte. Pendant que je fais disparaître des restes de riz avec les pieds, elle glisse les mains dans son dos, sous sa blouse, dans ses manches pour baisser les bretelles de son soutien gorge et le tirer par-dessous. Je me dis qu'avec ses ongles ça doit griffer. Je fixe ses seins à travers le tissu. Ils sont plus gros que je pensais. On dirait qu'elle est ivre alors qu'on a rien bu, elle articule plus du tout. Je tire les rideaux pour assombrir parce qu'il fera pas nuit de la nuit.

Elle se laisse tomber sur le ventre. En quelques secondes, sa respiration s'alourdit, devient un ronflement. Je m'agenouille et pour tester son sommeil je déplace les cheveux qui sont tombés sur son visage. Détendu, il a l'air plus rond. Comme elle réagit pas, je place mes mains à quelques millimètres au-dessus de sa tête, son dos, ses fesses. Mes paumes chauffent mais je sais pas si c'est le corps de Sora ou juste la brûlure que je me suis faite cet après-midi. Je ressors de la chambre en tirant la porte, qui ferme pas complètement.

Zed est revenu s'asseoir sur la banquette. Il a poussé la vaisselle sale et déposé à la place une bouteille d'alcool et deux verres qu'il a déjà remplis. Les bras croisés, il rayonne plus du tout.

— Tu m'expliques ?

Je me rassieds par terre. Je tends la main en direction de mon verre mais il m'agrippe le poignet. Il veut que je le regarde.

— Pourquoi tu nous as ramené la conne ?

Les phrases se bousculent dans ma tête, il faut présenter les choses dans un certain ordre pour que Zed comprenne et accepte, et je vois tout de suite que je commence faux quand je lui répète, avec beaucoup de ratés, que Sora veut rencontrer Mitch Cadum et que je lui ai proposé mon aide.

— Qu'est-ce que tu racontes encore comme conneries ?

Je tente de remonter le fil, de lui refaire la conversation qu'on a eue, elle et moi, de comment j'ai senti qu'on pourrait profiter de son intérêt pour Mitch Cadum. Je lui dis pas, mais c'est Zed qui m'a appris à considérer les gens sous l'angle de ce qu'on peut en tirer, à évaluer combien de sandwichs ou de petite monnaie ils valent. Alors comme un joker, je sors de ma poche le billet jaune et je le pose entre nous. Zed y touche pas.

— Je capte toujours que dalle mais continue.

Je lui dis qu'il y en a un autre comme ça qui nous attend si on aide Sora à rencontrer Mitch Cadum. Cent balles, Zed ! On arrêterait de se râper les genoux dans l'herbe et sur les plateformes des wagons, en tout cas pendant un moment. On pourrait aller à l'épicerie comme tout le monde. Et on s'achèterait des lapins, ce serait bien, ou des poules, des lapins et des poules qu'on ajouterait aux clapiers et qui nous permettraient de compléter, avec les cochons d'Inde.

Sora a l'air d'être bien partie pour ronfloter toute la nuit, mais il me semble que je parle beaucoup trop fort. Je me calme en ouvrant les mains. Cent balles, plus ce que Sora va donner pour la nuit, je sais que j'ai pas demandé assez, on peut continuer, on trouvera un moyen de la faire raquer. Quelque chose s'est allumé dans les yeux de Zed.

— Et comment tu comptes t'y prendre pour qu'elle rencontre Mitch ?

C'est la question à laquelle j'ai le moins réfléchi, je noie un peu le poisson. Je dis que si Sora le rencontre, même pas longtemps, juste avant la grande exposition à la capitale, ça pourrait encore monter la cote de Mitch Cadum, et donc rapporter du fric à Terdef. En soi, on en a pas grand-chose à faire de l'économie de Terdef, mais si ça veut dire plus de marchandises dans le train du mois, d'autres sortes de nourritures, peut-être d'autres couleurs de peinture, alors ça vaut le coup d'essayer. Non ? Zed se renfrogne.

— Tu délires complètement. C'est impossible t'es au courant ?

Je m'enflamme et je réponds que justement, parce que c'est impossible on peut y arriver. On s'arrange pour que Sora reparte contente après son entrevue avec Mitch Cadum, on devient les héros de Terdef, les orphelins qui ont sauvé leur ville de la faillite.

Zed dira jamais merci. Mais la manière dont il vide son verre cul sec, la forme de sa bouche quand la brûlure se transforme en chaleur dans le ventre, le début de sourire qui étire ses lèvres, me montrent que j'ai eu raison d'insister. Il se lève, prend sa polaire et, la main sur la porte, me lance qu'il va voir ce qu'il peut faire.

4

Petite, aller au lit était la pire des injustices parce que Zed avait le droit de rester debout plus longtemps. Maintenant je fais comme je veux. Ce soir il faut que je bouge, je reconnais l'humeur, je vais pas réussir à dormir. Il y a un sac toujours prêt dans la grosse malle pleine de tiroirs, je le prends et je sors. Dans la fausse obscurité les hautes herbes ressemblent aux jardins d'une autre planète. Mon corps guette des bêtes sauvages insensées. Les bombes s'entrechoquent dans mon dos.

Quand je marche à mon rythme et que je dois attendre personne, je vais vite. J'entre déjà dans Terdef, les lampadaires sont allumés sur une seule rue, comme si on faisait semblant qu'il y avait encore des gens pour qui c'était utile. La ville est encore plus morte de nuit que de jour, mais moi c'est le seul moment où je me sens bien. Je longe l'ancien cinéma, je passe devant la gare fermée, la grande vitre éteinte du café des Mineurs. Ça me donne envie de sortir un spray et d'en remettre une couche mais j'ai pas encore les lignes exactes de ce que je veux faire, et ça serait du gâchis.

Quand on fait la gare, c'est toujours au dernier moment, la nuit avant le départ du convoi pour la capitale, sinon ils ont le temps de nettoyer. Zed me pousse devant lui et on s'introduit à la grosse tenaille. On bosse à toute vitesse, le matériel doit être prêt, buses nettoyées et rangées par taille, bombes alignées, projet clair dans la tête, ça sert à rien de chercher les détails. Pendant que Zed peint je surveille le quai. À la fin il signe et quand il est content de lui, il sort le polaroïd. Après, on dégage. Le matin suivant, Zed se lève avant moi, j'adore voir sa fierté quand il regarde son blaze rutiler dans la plaine depuis la cabane. Le nombre d'yeux qui vont se poser sur son travail – bien plus de regards qu'en a jamais comptés Terdef, bien plus loin que lui ou moi on ira jamais. On risque cher si on se fait choper, Isobel rigole pas quand on casse des trains qui circulent. Je vois parfois qu'elle aimerait être sympa avec nous mais c'est la loi.

La gare et la place sont derrière moi, je traverse le dernier quartier un peu habité, à l'ouest, où certains salons sont éclairés. Je me fais toute petite le long des rails rouillés qui mènent aux entrepôts, je cours presque, j'ai envie d'y être. Quand j'arrive au grillage, je me glisse par le trou, et là c'est le meilleur moment. Je sais que j'ai tout mon temps. Les entrepôts sont remplis de matériel à la retraite qui sortira plus jamais, des trains-poubelles, des voitures orientales avec de la marqueterie, des Colibris ou des wagons-silos, et même des locomotives à vapeur qui remontent aux débuts de la ville, quand c'était qu'une poignée de baraques autour du café des Mineurs. Personne pour surveiller ou voir ce que je fais, je peux passer mille heures sur une pièce, soigner chaque lettre et m'entraîner, on viendra pas me faire chier.

Je fais glisser le sac de mes épaules. C'est Zed qui gère le stock de bombes, j'ai droit surtout au rouge parce que ça recouvre pas bien, on voit le mur derrière et comme ici les murs sont déjà rouges, tu peux te les garder, il me dit. Je dois sortir plusieurs bombes pour trouver l'œuf, emballé dans du journal. Je l'ai pris sans dire. Ce sera pas un problème de le remplacer avec l'argent de Sora. Je fais un petit trou dans la coquille et j'aspire, c'est gluant et énergisant comme j'aime. Autour de moi, c'est l'heure la plus obscure. Les montagnes qui encerclent la ville font des gouffres presque noirs, mais une lueur se détache dans le vallon à mi-chemin dans les hauteurs, et c'est pas encore le soleil. Lumière électrique. Il y a rien d'autre là-haut que la piaule de Mitch Cadurn et les ateliers mécaniques. Je souris en me léchant les lèvres. Zed a pas traîné, ces cent balles lui font autant envie qu'à moi.

Je sors du sac la chemise de papa, pleine de taches. La peinture a rendu le tissu rigide comme des fois les draps de Zed, il se craquèle quand je l'enfile. Dedans je flotte. Je lâche la coquille d'œuf pour l'écraser avec le pied comme si c'était une clope. C'est peut-être là, en fait, le meilleur moment.

5

Depuis la maladie de maman je regarde les gens dormir. Le moindre changement de position pouvait gêner sa respiration, sur la fin il fallait lui mettre le tuyau mais quand elle dormait, elle semblait heureuse. Zed, ses veines de colère disparaissent de ses tempes, il a l'air d'avoir moins faim, sa bouche se ramollit et il redevient ce petit garçon que je vois quand je ferme les yeux et que je pense à lui. Dans le satin, Sora dort encore, le bras ouvert sur le côté, les ongles longs, le menton replié dans le cou. Elle a une minuscule cicatrice blanche sur la pommette. Je l'effleure du bout de mon doigt.

Elle ouvre les yeux et se redresse, en une seconde elle est de nouveau la fille de la ville, sauf ses cheveux qui tombent dans un ordre moins parfait qu'hier. Ses boucles d'oreille rutilent, elle les a pas enlevées, je sais pas comment elle fait pour dormir avec ces trucs.

— Il est quelle heure ? Tu n'as pas passé la nuit ici ?

Je dis que c'est tard et que j'ai dormi ailleurs, je préfère pas mentionner les entrepôts. Sora me regarde avec pitié, je sais pas si c'est parce que j'ai bégayé ou si j'ai l'air à ce point crevée. Elle passe une main dans ses cheveux pour les arranger.

— C'est possible de prendre un petit déjeuner quelque part avant d'aller voir Cadum ? Je t'invite.

Je lui dis qu'on a tout ce qu'il faut ici, elle me suit à la cuisine. Avec la lumière du jour crue, on voit que c'est vraiment dégueulasse. L'alcool est toujours sur la table. Je tourne à fond la manivelle du moulin à café et sors le petit tiroir pour transférer la poudre dans le filtre. J'hésite en observant le fond d'eau qui stagne depuis hier soir dans la casserole. J'attrape le réchaud à gaz et un briquet, l'eau va bouillir de toute façon.

La cafetière gazouille sur la flamme bleue, dans un verre je casse trois œufs que je mélange et tends à Sora. Elle plisse le nez, j'essaie de comprendre si c'est parce qu'elle mange pas d'animaux ou si c'est juste qu'elle aime pas, j'opte pour rien et lui tends une conserve de maïs vu qu'elle a mangé celle d'hier. J'hésite à lui sortir le riz, pour faire plus. Je reprends le verre, avale les œufs d'un coup. Si elle savait à quel point c'est difficile de les sortir intacts du train. Sora mange le maïs, mais c'est que quand je lui sers le café qu'elle a l'air contente pour la première fois du matin. Elle passe son pouce sur le motif de la tasse avant de prendre une toute petite gorgée.

— Il est bon ! Il vient d'où ?

Tout ce qu'on a ici c'est volé, on choisit pas vraiment entre le Costa Rica ou Jakarta. Elle sourit pour me rassurer, elle sait qu'on fait pas ça par plaisir. Elle replonge dans son café et on se tait.

La poignée de la porte claque contre le mur parce Zed entre. Il tient un sachet en papier avec des taches d'huile, ça sent bon et Sora devine avant moi ce qu'il y a dans le sac.

— Des croissants !

Le sourire de Zed monte jusqu'aux oreilles, un vrai petit ange. Il déchire le sac qu'il dépose ouvert entre nous trois. C'est comme faire la paix. Sora a pas vidé sa boîte de maïs, elle a laissé juste quelques grains qui jettent le doute sur si elle garde pour après ou si elle considère que c'est fini comme ça. Elle se fait pas prier pour les croissants, c'est même la première fois que je la vois se lâcher comme nous, avec envie sur la pâte molle et chaude. Elle met le bout de ses doigts devant sa bouche quand elle mâche.

Zed a un plan, ça se voit. Sinon il aurait pas cassé le billet jaune pour ces croissants qui coûtent un œil. Je le scrute pour comprendre quelque chose, c'est pas pratique de pas pouvoir se parler devant elle, j'aimerais le prendre par la manche pour lui dire un mot dehors. Il annonce à Sora que le rendez-vous avec Mitch Cadum est calé, c'est bon, on y va dès qu'on a mangé. Il a utilisé le nom en entier cette fois, mais il a mal prononcé, cadmum, cadmium, Sora cligne des yeux comme si ça l'agressait, ça se dissipe, Zed a l'air sincèrement joyeux et c'est contagieux, Sora lance que ça va être une belle journée et je me tais, je veux rien gâcher. Zed dit souvent que si je sais pas aligner trois mots de suite, c'est pour une bonne raison.

Zed marche devant, Sora en deuxième et je ferme le cortège. Le ciel a juste quelques nuages qui roulent devant le soleil et changent la donne, tout à coup on est dans l'ombre et le vent glace la sueur, tout à coup le soleil brûle les avant-bras et je dois cacher mes mains dans les manches de mon pull. Ça va mettre un moment à cicatriser, c'est pire que les autres fois. Je dis, pour meubler, que c'est bientôt le jour le plus long. Sora regarde en l'air, de nouveau le sol pour pas salir ses chaussures avec les mousses et les fougères boueuses. Zed tousse mais trace, il écarte les hautes herbes d'un geste du bras et Sora se protège le visage, je vois qu'il va trop vite pour elle. Elle s'arrête pour souffler et regarde autour d'elle.

— C'est fou cette végétation à cette latitude. C'est beau !

Elle pointe le lointain du doigt, la gare avec Zed qui avance sans nous attendre. D'ici on pourrait croire que c'est tout ce qu'il y a, ce bâtiment énorme avec des arches, des verrières qui aveuglent, des pans inclinés. C'est seulement de plus près qu'on comprend qu'il y a une ville autour. Sora avait pas l'air curieuse hier, mais maintenant qu'elle sait qu'elle va repartir avec ce qu'elle est venue chercher, elle pose des tas de questions.

— C'est vraiment monumental. Tu sais de quelle époque ça date ?

Je sais seulement que quand les grands-parents sont arrivés, la ville était au sommet de sa prospérité comme on dit. Il y avait des trains tous les jours et dans les deux sens – le minerai qu'on exportait, les marchandises qui arrivaient, les gens qui allaient et venaient –, il y avait un cinéma et des soirées dansantes, bien plus de monde, peut-être même des touristes. Aujourd'hui les gens ont tous le même âge, pas de vieux parce qu'ils meurent et pas d'enfants parce qu'on a arrêté d'en faire. Il y a toujours des soirées dansantes mais la terrasse du café des Mineurs suffit largement pour les accueillir. Tout ce qui est encore utile est rassemblé devant la gare. La ville est devenue une place.

J'ai pas parlé à haute voix, je lui réponds qu'il faut y aller maintenant, et aussi de faire attention où elle met les pieds et juste pendant que je bafouille elle se cogne sur une boîte de conserve rouillée enfoncée dans la terre. Je dois la rattraper par le bras pour pas qu'elle tombe et elle me dit merci, je m'y attendais pas du tout. Son regard surtout, comme si je l'aidais vraiment. Je suis pas sûre de pourquoi elle me remercie, ça fait bouger un truc en moi. C'est dans le ventre et jusqu'aux jambes. Je ramasse la boîte de conserve. Du cassoulet.

On est au passage à niveau, Sora se tient au poteau pour garder l'équilibre pendant qu'elle remet sa chaussure avec le pouce. Elle lâche un soupir content en lisant de nouveau le panneau, comme si les mots avaient changé depuis hier.

— Personne ne nous entend, ici, c'est ça ? Le meilleur spot ?

J'ai pas le temps de répondre qu'elle se met déjà à crier des mots au pif.

— GARE ! CADUM ! TERRE-DES-FINS !

Elle cherche ma réaction, je cache mon sourire du mieux que je peux. Ensuite elle gueule autre chose, et je vois qu'elle fait l'effort.

— Tu dis comment déjà ? Terdef ?

Elle met ses mains en cornet.

— TERDEF !

Sans transition, elle lève le menton au ciel et elle hurle comme une louve. Des petites gouttes de sueur pointent à la racine de ses cheveux. Elle a l'air d'une gamine folle de joie. Je pose la boîte de cassoulet au pied du panneau, j'ai pas envie de me la trimballer toute la journée, je la récupérerai en rentrant. La sensation dans mon ventre me lâche pas.

Zed s'arrête jamais tellement pour regarder les choses. Il nous attend au café des Mineurs, il nous fait signe depuis le fond de la place. On le rejoint, je lui souris. Il tend un petit papier à Sora.

— Voilà.

Sora a pas l'air de comprendre.

— Le numéro de téléphone du grand Mitch Cadum. C'était pas simple à trouver. Tu lui parles un coup et après on est quittes. Je crois que tu sais déjà où est le téléphone.

Sora baisse les yeux sur le papier qu'elle tient dans sa main, les relève sur Zed.

— C'est une blague ?

Elle a avancé le menton, ou alors sa mâchoire s'est durcie, en tout cas un truc a changé dans son visage.

— Ce que tu appelles un rendez-vous, c'est un numéro de téléphone ? Cadum vit ici ! Si ça se trouve il est à deux cents mètres !

Plus elle parle plus elle s'énerve, c'est comme les jauges pour mesurer la tension dans la locomotive d'Anatoli, ça monte, ça monte dans ses yeux, Zed est en train de flipper et je dois faire quelque chose. Je me mets entre les deux comme hier soir à la cabane, je prends ma voix la plus adulte et je dis à Sora qu'elle avait pas précisé qu'elle voulait voir Mitch Cadum *en vrai*. Et là je suis servie, elle explose pour de bon.

— Non mais vous vous foutez de moi ! Un numéro de téléphone, sérieusement ? Ça a jamais été le marché. Rendez-moi mon argent !

Elle tend la main vers Zed, ensuite vers moi.

— Oh et puis vous savez quoi, vous pouvez vous le garder, et même vous le fourrer où je pense, bravo l'arnaque. Je rentre chez moi.

Elle passe la porte du café et se dirige vers le téléphone, tout au fond. Cette fois c'est Zed qui bégaie, je me précipite pour rattraper Sora, je lui fais attends, attends, je sais plus exactement pourquoi je dis attends ni combien de fois, je sais plus après quoi je cours ni pourquoi j'insiste pour qu'elle reste. Sora se retourne les yeux au ciel, elle est dure, ça fait dégringoler la chaleur dans mon ventre. Des picotements envahissent mes bras, mes jambes, comme si je me mettais à germer. Papa disait que le corps suivait les saisons, qu'il y avait des éclosions, des rituels, comme pour les cueillettes aux équinoxes et aux solstices, les pierres et les champignons. Je parle à Sora mais mes mots se bousculent et veulent rien dire. Je me demande si elle a vraiment l'intention de repartir sans sa foutue entrevue ou si son coup de gueule était que du bluff. Je suis quand même au bord des larmes.

Quand Zed nous rejoint, je me calme. Je les regarde droit l'un après l'autre et je dis que si Mitch Cadum peut parler à Sora au téléphone, il peut aussi lui parler en face. Elle peut le rencontrer physiquement, ça va juste coûter plus cher. Zed me fixe et je sais que soit ça passe soit ça casse. Il arrache le papier que Sora tenait toujours froissé dans son poing et il décroche le téléphone sans me lâcher des yeux. Les siens sont aussi sombres que ceux de Sora sont clairs. L'épaule contre le mur, les bras croisés, elle a la tête de quelqu'un qui a marqué un point. Les gens ont posé leur verre pour suivre ce qui se passe, je bénis Isobel et Bermann de pas être ici ce matin, le café des Mineurs a jamais été aussi silencieux, on entend même la tonalité qui irradie de l'appareil, trois fois. J'entends un clac, un allô grave et ensuite Zed fait des phrases en balayant le sol.

— Allô j'aimerais parler à Mitch Cadum. S'il vous plaît.

Un silence. Zed regarde dans ma direction. Il fait de nouveau des phrases, ça grésille au bout du fil, on entend pas toutes les réponses et quand ça ressemblerait à quelque chose qu'on pourrait comprendre, je pousse le tabouret dans mon dos, ça racle le sol. Il faut pas que tout s'écroule.

— Oui la dame là. La personne dont on a parlé. Elle aimerait te, vous rencontrer en vrai.

Ouais. Oui. Oui ok. C'est ça oui voilà. Donc je lui dis ça ?

Zed a posé le combiné contre son torse, je vois qu'il se souvient du geste qu'on a vu au cinéma quand on était petits. Il prend des airs supérieurs pour s'adresser à Sora.

— Mitch Cadum travaille jusqu'à 19h. Il peut pas vous rencontrer avant et c'est pas négociable.

— Mon train part à 20h. Ça fera très court !

— C'est ça ou rien.

Et forcément c'est pas rien, Sora accepte. J'ai chaud aux joues de ce truc qui est en train d'arriver. Zed confirme le rendez-vous avant de raccrocher. J'ai l'impression que l'électricité du téléphone lui traverse le corps, il tremble. Sora demande où se passera la rencontre. Zed la pousse par le coude pour sortir du café. Il la fait pivoter vers les montagnes, face au soleil.

— Le bâtiment allongé là-haut c'est sa maison. Il bosse derrière aux ateliers mécaniques. C'est là qu'il sera.

Sora plisse des yeux.

— Et comment je m'y rends, là-haut ?

Pas de découragement dans sa voix, elle va faire ce qu'il faut pour y être. J'ai pas envie de rater la scène alors je déclare que je vais l'aider. Elle se retourne vers moi. On peut sûrement emprunter l'une des deux jeeps du commissariat. Je dis rencontrons-nous à la gare comme si j'avais déjà entendu cette phrase, toute prête à être utilisée pour le jour où elle serait nécessaire. Le jour carrément miraculeux où il y aurait quelqu'un à retrouver à Terdef. Zed hausse les épaules.

— C'est toi qui sais.

Il s'éloigne, on reste là avec Sora à regarder la montagne bleue et verte et la route qui zigzague dedans. Des névés traînent dans la petite zone où le soleil va jamais. Et ce bâtiment là-haut, pâle, la pointe de l'iceberg. Le toit réfléchit comme un miroir et la cheminée crache un fil de fumée. Je veux le faire remarquer à Sora pour qu'elle voie que Mitch Cadum travaille mais elle pense à autre chose. Elle dit un truc qui m'étonne d'elle, qui remplace d'un coup sa colère et sa méfiance.

— C'est donc là-haut que tu es venu t'installer, Cadum ? Je comprends, c'est splendide.

Un nuage touche le soleil, la place devient froide en quelques secondes. Sora jette un œil à son poignet, elle soupire, ses yeux ricochent sur les horloges arrêtées autour de la place.

— Et comment on sait quand ce sera l'heure d'y aller ? Aucune horloge ne marche dans ce fichu bled. Je ne peux pas être en retard à ce rendez-vous, je ne *peux* pas, tu comprends ?

Je dis que je serai à l'heure. Mais Sora m'écoute pas, elle observe Isobel et Bermann devant le commissariat, Isobel qui enfile une veste et replace son chignon, Bermann qui bouge des piles de documents pour faire semblant de bosser, en trempant ses lèvres dans une bière au passage. Sora me fait flipper quand elle marche vers eux de son pas décidé.

— Remets les pendules à l'heure.

J'étais censée décaper d'autres tags cet après-midi, à la place je me retrouve à faire quelque chose d'encore plus inutile. J'ai faim tous les jours depuis que je suis née, par contre j'ai jamais rien manqué dans ma vie du fait de pas savoir l'heure qu'il est. Mais Isobel avait pas l'air de rigoler alors j'ai obéi et j'ai aligné les horloges, cadrans sur le ventre, contre le marbre du hall de la gare.

Je fouille dans la boîte à outils qu'Anatoli m'a prêtée. Je dévisse les pourtours, j'enlève le cache. Dedans, le moteur est tout petit et il y a un message : « Ne pas retirer les aiguilles. L'horloge se règle automatiquement. » Je relis. Je comprends pas la phrase, c'est comme s'il manquait un bout. Elle se règle automatiquement sur quoi ? En tout cas pas sur les autres horloges vu qu'elles donnent toutes une heure différente. Je retire quand même les aiguilles, je détache le moteur avec une pince et je pose les boîtiers défectueux dans un coin comme une pile de petit gibier.

En levant la tête, j'aperçois Sora à l'autre bout de la place. Elle a l'air de s'en foutre pas mal de m'avoir donné tout ce travail. Elle est assise à la terrasse avec ses feuilles et ses lunettes de soleil qu'elle tripote sans arrêt, parfois elle se déplace à une autre table pour jouer aux échecs avec Anatoli et j'aurais jamais pensé que c'est un truc qu'elle ferait. En même temps s'il y en a un qui peut la comprendre, ici, c'est lui, qui connaît la capitale et sait même faire l'accent.

Elle a la bougeotte. Elle arrête pas de retourner au fond du café pour passer des coups de fil et je me demande ce qu'elle a à dire, et à qui. Elle était censée déjà être rentrée aujourd'hui, elle doit sûrement avertir des gens, elle parle peut-être à ses parents s'ils sont pas morts. J'imagine des trucs, j'en sais rien du tout mais ce que je réalise d'un coup, même si c'était évident, c'est que Sora va repartir. Elle est pas magiquement apparue entre deux montagnes pour rester ici, elle va remonter dans le train et retourner vers la capitale, à sa vie là-bas. Je l'imagine revenir au musée, victorieuse, sa mission accomplie.

À un moment, elle prend ses affaires et s'éloigne vers les arcades. Je me lève pour la suivre mais les jambes de Bermann me barrent la vue.

— Elle va où comme ça la cocotte ? C'est pas le bon Dieu qui va les régler, ces horloges. Continue !

Je retourne à mes oscillateurs et mes cadrans. J'ai finalement réussi à trouver un moteur et à le fixer dans l'axe des aiguilles, mais quelque chose manque encore : l'heure, la vraie, celle de la capitale. Quand Sora revient sur la place avec de grosses bottes en caoutchouc vert qui lui vont mais alors pas du tout, j'attends qu'elle me regarde et je soulève l'horloge comme un trophée. Je pointe du doigt les aiguilles en haussant les épaules. Elle comprend, elle entre dans le café. Je regarde l'inclinaison du soleil dans le ciel. Il y a des oies qui volent bas. Je dirais que c'est environ quatre heures et demie. Sora ressort du café, elle traverse la place à grandes enjambées avec ses bottes qui se déchaussent, s'arrête devant moi et parle avec une voix robotique.

— Au troisième bip, il sera exactement 16 h 30.

Elle fait trois bips, avec le troisième plus aigu, et elle reprend sa vraie voix.

— Merci, Liv.

Elle dit vraiment souvent merci. Ça fait bizarre d'entendre mon nom après. Je place les aiguilles des heures et des minutes au bon endroit et je laisse la trotteuse s'aligner où elle le souhaite.

6

Bermann tient dans les mains les clés de la jeep mais me les donne pas, il veut que j'écoute. J'accomplis les gestes avant qu'il me les ordonne : décapoter le toit, vérifier le cric sous le siège et le jerrican d'essence au cas où. Je connais le couplet. Dans le fond du coffre il y a une bâche, deux casques de chantier fissurés, des morceaux de terre et de roche qui se baladent sur le tissu noir. Je propose à Sora d'y déposer sa valise, elle dit qu'elle préfère la garder sur ses genoux. Elle s'est encore changée, maintenant c'est une jupe, je comprends mieux pourquoi il lui faut une si grande valise. Je remarque qu'elle s'est coupé les ongles. Je suis arrivée pile à l'heure, ça l'a rendue ravie. Quand Bermann disparaît derrière le bâtiment et que je m'installe au volant, elle retrouve son air de dame préoccupée.

— C'est toi qui conduis ? Mais tu as quel âge au fait ?

Je démarre, on quitte la place de Terdef comme la veille à pied, je fais de nouveau des détours mais pas les mêmes parce que certaines rues sont juste des terrains de boue affaissés. Nos routes tournent en rond, elles desservent la région mais pas plus loin – pour venir ici, il y a que le chemin de fer. Petite, il y avait encore des voitures en ville, maman les dévorait des yeux à défaut de se les payer. Papa, c'étaient les plantes et les roches, on a ça dans la famille, un truc pour la collection. J'ai vingt-et-un ans.

Pendant que je manœuvre, les yeux de Sora parcourent le pare-brise comme s'ils suivaient un essuie-glace.

— Donc on a le même âge ? C'est fou pardon, mais j'étais sûre que tu étais plus jeune.

D'un coup j'ai honte. Pas à cause du fait qu'elle me donne pas mon âge, ça on me le dit tout le temps. C'est plutôt que ça me crie dessus à quel point je suis pas comme elle. Et que c'est déjà trop tard pour le devenir un jour.

Je ralentis pour sortir de la ville, on est bien chahutées parce qu'on roule surtout sur des cailloux. Le chemin à travers les marécages, c'est comme la suite des hautes herbes, encore plus vert et dense ici. Les casques roulent l'un contre l'autre dans le coffre, le bruit du plastique qui s'entrechoque me rappelle les carapaces.

Papa nous emmenait voir les tortues au printemps, l'observation de l'accouplement, les œufs qu'on cachait sous l'herbe pour les protéger des renards blancs. Il volait des cahiers inutilisés à la mine, on notait nos observations, on recommençait chaque année pour comparer. Ensuite il s'est mis à tousser, à cracher, c'est allé vite pour lui, quelques mois. Zed et moi on a continué avec nos connaissances en l'état, on devenait obsédés par nos tortues, une espèce fragile avait dit papa, il fallait la protéger. Zed a peint son premier train et s'est lassé des tortues, une mère porteuse s'est cassé la patte et j'ai pas su soigner, j'ai brisé la carapace d'une autre sans faire exprès. Je me suis mise à les séparer par des grillages, j'ai fini par piétiner un nid entier d'œufs parce que j'en avais marre et qu'elles allaient pas survivre de toute façon.

Conduire fait que j'ai pas besoin de parler. J'ai l'air de me concentrer sur la route caillouteuse, j'observe Sora en coin. Elle porte toujours ses boucles d'oreille. Son avant-bras posé sur le bord de la fenêtre, elle se laisse ballotter par les cahots. Je crois que je conduis bien.

— Il y aura quoi là-haut, à part Cadurn ?

Des hommes je dis. Là-haut ça a toujours été les hommes. Comme elle me regarde je sens que je dois continuer. Je respire pour que ça sorte bien. J'explique qu'à l'époque on était employées justement à conduire les berlines, et à vérifier l'éclairage parce qu'il y a pas besoin de force pour ça. Je dis on et nous comme si j'avais fait partie du truc. Pour lui montrer j'accélère dans le premier virage en épingle, je le prends en boucle parfaite, je dis qu'on aimait ça avec maman, s'éclater au volant sur la route des montagnes et là pour le coup c'est un vrai on, j'y étais, c'est parmi les meilleurs moments de ma vie.

On s'élève au-dessus de la vallée qui est pas une vallée, qui est une sorte de plaine avec tous les climats, tous les végétaux, et les montagnes posées dessus.

— On dirait des bulles, de la mousse dans un bain.

Ça m'étonne pas qu'elle prenne des bains, moi je vois plutôt le dos d'animaux anciens qu'il vaudrait mieux pas réveiller. Papa jurait que les esprits de la terre vivaient ici, parfois endormis pendant des siècles, il disait que creuser la montagne c'était pas la meilleure des idées. Il le pensait même avant qu'on découvre la vraie nature de la roche.

Plus on monte et moins Sora se tait.

— Je vois ce que tu voulais dire tout à l'heure. Pourquoi il n'y a pas de route qui mène jusqu'à Terre-des-Fins. C'est presque comme si ces montagnes, avec leurs formes si spéciales, nous montraient qu'il y a quelque chose de spécial aussi dans le sol.

« Spécial », c'est un mot que j'utilise pas. Je connais pas d'autre ville ni d'autre mine, je connais que Terdef alors je sais pas. Sora a ouvert sa valise, elle fouille et sort un petit spray et une pochette en plastique, elle en tire un objet blanc qu'elle déplie et ajuste sur son visage, le cordon derrière la tête. C'est un masque qui recouvre tout, de sous ses yeux jusqu'au menton, avec un boîtier carré au centre. Elle vaporise ses avant-bras, frotte ses mains l'une par-dessus l'autre. On approche du col et je dois ralentir parce qu'il y a des nids-de-poule.

— Et comment vous vous protégez ici ? Je n'ai vu personne avec un masque en ville.

Je veux pas la vexer, je retiens mon rire. Je dis qu'on met des gants pour éviter les coupures, et parfois des tissus tendus sur la bouche. Mais comme il a fallu des décennies pour prouver à quel point c'était toxique, on avait pris l'habitude de faire sans et jamais personne nous a proposé d'autres solutions.

— Mais vous connaissiez les risques depuis longtemps.

Oui, les parents ont d'abord voulu partir, mais si tout le monde quitte le navire c'est la fin des haricots. Ils sont restés pour lancer l'alerte, ils ont pris des photos, rassemblé des témoignages, organisé des réunions. Il y avait un journal à Terdef à l'époque, Anatoli en amenait toujours des exemplaires à la capitale, mais ça a pas suffi. Même après les preuves scientifiques, on a continué d'extraire le minerai parce que la ville en dépend et qu'il y a encore de la demande.

Les parents ont essayé d'imaginer des solutions, ils ont cherché des subventions à la capitale pour former les jeunes dans d'autres domaines, ou développer le tourisme, il y a des randonnées de dingue à faire dans nos montagnes. Ils ont même proposé de construire une fausse mine comme parc d'attraction. Ils ont eu le temps de rien.

Normalement je dirais jamais ces choses à haute voix. Sora a enlevé son masque mais elle parle pas. J'ai l'impression de sentir sa main sur mon épaule alors qu'elle y est pas. Un caillou gicle contre la carrosserie.

— Dans le musée où je travaille, les œuvres de Cadum ont été mises sous verre il y a vingt ans. On ne peut pas faire autrement, ce serait irresponsable sinon.

J'imagine les visiteurs de son musée se faire mousser avec le danger, comme elle juste maintenant sur le point de rencontrer son artiste. Je réponds qu'ici, personne se protège et c'est comme ça. On remet le silence entre nous comme une nouvelle bobine. Je lui signale pas la baraque de Mitch Cadum quand on passe devant. Les ateliers mécaniques sont un peu plus loin. Sora appuie sa tête sur le haut du siège, je voudrais pouvoir comprendre de quelle manière elle regarde l'extérieur. Je conduis tout doucement maintenant et Sora dit que la nature ici est folle.

— Les couleurs sont presque fluo, c'est génial ! Et ces mousses, ça a un côté surnaturel.

C'est comme « spécial » tout à l'heure, je peux pas mesurer à quel point c'est différent ou normal, mais je dis que oui, moi en tout cas je trouve aussi qu'autour de Terdef c'est beau.

La route devient plus douce, on a changé de dimension, on avance sur un plateau vert qui ondule. Le sol se transforme, moins de terre noire et de plus en plus de pierriers. Les bouleaux et les épicéas s'espacent, ils ont de la peine à s'accrocher, deviennent plus petits. J'en reconnais un, penché, qui a pris la foudre. Comme il est pas loin de la mine, on venait parfois ici avec Zed pour attendre les parents, on disait que c'était notre machine, on tirait sur les branches comme sur des leviers et on cherchait des météorites. Je demande à Sora si elle veut s'arrêter.

— On a le temps ?

Je fais semblant de regarder ma montre, je hoche la tête et elle sourit. Je dis qu'on est au dessus du lac même si on le voit pas encore, et que ça vaut la peine.

— Il y a un lac ? C'est vraiment un paradis cette zone !

C'est pas pratique du tout, sa jupe, elle doit faire des petits pas. Ses bottes font crisser les pierres sur la route. La vallée s'ouvre, s'aplatit. On commence à apercevoir le lac et je vois qu'elle comprend pas tout de suite, la pierre qui annule la forêt et qui ensuite disparaît par étages, et au fond cette couleur qui a l'air d'une fusion de la montagne et de la végétation. Sora pousse un waouh très sincère, elle garde la bouche ouverte un moment, ses cheveux glissent entre ses lèvres mais elle les remet pas en place. J'ai l'impression de lui avoir montré un truc incroyable et ça me rend fière. En dessous de nous, un bruit ricoche contre la paroi, un rocher tombe lentement dans l'eau tout en bas mais Sora le remarque même pas.

— C'est magnifique !

Lac Glauque. Un nom qu'on a donné récemment, parce que c'était pas un lac avant.

— Glauque ? Vous auriez pu trouver mieux ! Glauque, c'est... glauque.

Il y a des couleurs qui portent des noms de plantes ou de minéraux, bleu, émeraude, lichen, mais il fallait être plus précis selon maman. Glauque c'est ce gris de la pierre qui vire au turquoise pâle en devenant liquide, cette continuité comme un miroir. Sora a toujours pas compris vu qu'elle me demande où est l'entrée de la mine, par où on plonge dans le sol. Je réponds qu'elle est là, devant ses pieds. Les gens croient qu'une mine c'est forcément dans le noir, des boyaux étroits et des wagonnets, mais on est pas des taupes. À Terdef, c'est une excavation à ciel ouvert, en gradins. Le modèle le plus simple vraiment. Depuis que la mine tourne au ralenti, le trou se remplit et l'eau prend cette couleur.

Sora m'écoute, elle continue à s'avancer en admiration près du bord de la première terrasse, et je veux pas lui demander de faire attention, je veux pas faire la grande sœur avec elle, même si c'est rare qu'on m'écoute aussi longtemps et qu'en fait j'aime bien je crois. Ce que je viens de dire flotte au-dessus du lac, nos ombres montrent que la journée a passé. Sora frissonne.

— J'avoue que je n'avais jamais vraiment réfléchi à la mine. Ni aux gens qui y travaillent. Et je ne m'attendais clairement pas à trouver un lac glauque si beau.

Je lui dis qu'avec ça elle aura tout vu, qu'elle aura rien à regretter en partant ce soir. Elle me sourit.

— Pardon de nouveau, mais je trouve fou comme tu ne bégaies quasiment plus depuis qu'on est ici.

Avec le soleil qui décline, la frontière est pas nette entre les petits cailloux de la piste et le début de la pente vers le lac. Il faut qu'on y aille. Je sais pas à quoi elle pensait avec ces grosses bottes mais c'est vraiment pas l'idéal pour un terrain comme ça. Elle se penche pour apercevoir l'eau en demandant si c'est dangereux et forcément elle glisse. Je la rattrape par le bras. On rigole pas à cet endroit. Très dangereux oui, l'eau est très dangereuse. C'est ce que je lui réponds, en m'y reprenant à trois fois.

Quand on se gare devant les ateliers mécaniques, Sora regarde sa montre qui marche toujours pas.

— C'est frustrant ce timing. Dire que j'ai trente minutes pour parler à ce génie que personne n'a vu depuis des années… Il faut combien de temps pour redescendre jusqu'à la gare ?

On se retourne. Les briques de Terdef semblent violettes. Je lui montre les verrières de la gare qui reçoivent le dernier soleil. On est montées beaucoup mais en vingt minutes on peut être de retour en bas. Sora est restée scotchée sur les lumières de la gare.

— On dirait des feux follets.

Je ris bizarrement. Les feux follets, c'est exactement ce que je disais à papa quand il m'amenait ici gamine. Il disait que les machines et les constructions avaient pas d'âme, mais j'en étais pas si sûre en contemplant la ville d'en haut.

On marche vers les ateliers mécaniques. On oublie le paysage. Sora réarrange ses cheveux, aussi nerveuse que moi mais plus déterminée. Elle irait jusqu'où pour ce Mitch Cadum ? Elle me fait peur en même temps qu'elle me donne envie d'aller jusqu'au bout. Dans l'atmosphère bleue qui grandit, le bâtiment se confond avec la paroi rocheuse, on dirait qu'on entre dans la montagne, on hésiterait s'il y avait pas les voix.

Derrière la porte coulissante c'est une autre palette de couleurs, beaucoup de chaleur, une odeur de poussière qui fait immédiatement tousser. Une dizaine de gars plient des machines. Il y a des morceaux de pierre partout, de toutes les tailles. Sora a l'air émue, je lui dis que Mitch Cadum s'entoure toujours des ouvriers pour travailler le minerai. Des traverses métalliques soutiennent le toit, les grandes fenêtres en imposte s'ouvrent sur le ciel et la montagne, il y a des tables en acier et différentes machines, tuyaux, pinces, rotors, leviers, qui taillent, versent, aplatissent, découpent, meulent. Zed est là, il me voit tout de suite. Il se penche vers un des gars, qui arrête sa machine et se met directement à appeler.

— Mitch ? Mitch !

Les joues très rouges, Sora regarde dans la direction vers laquelle le gars a appelé. Zed s'y met aussi.

— Mitch ! Il est dur d'oreille à cause de l'âge. Mitch !

Un homme sort du groupe et s'avance vers nous. Avec la crasse sur son visage, je le reconnais presque pas. Sa barbiche est grise, je sais pas si c'est les poils ou la poussière. Il tient un chiffon sur lequel il essuie ses doigts avant de tendre la main à Sora.

— C'est vous la demoiselle du musée ?

Elle la serre frénétiquement, ça doit se bousculer en elle. Il désigne une table et deux chaises à l'écart. Sur la table, une toute petite horloge rectangulaire rouge fait un bruit beaucoup plus gros qu'elle, comme des ailes de métal qui claquent à chaque minute. La voilà, son heure exacte, mais maintenant on dirait juste un compte à rebours. Sora me sourit une dernière fois avant de le suivre.

Je suis pas loin mais j'entends pas ce qu'ils disent, je vois seulement les gestes. Sora qui a sorti un petit enregistreur qu'elle tient près de sa bouche et qu'elle tend ensuite vers celle de l'homme, les lumières orangées des machines qui brillent dans ses yeux, peut-être le meilleur moment de sa vie. Et l'homme qui joint ses grandes mains élimées en posant les coudes sur la table, le poing qu'il porte devant sa bouche quand il toussote, la barbiche qu'il caresse mécaniquement. Les autres ouvriers continuent leurs rangements mais je sais qu'ils suivent aussi ce qui se passe. Zed me broie les épaules, il est en stress total. J'attrape son poignet pour lui dire arrête de paniquer, cent balles ! J'aimerais qu'il soit fier de moi.

La petite horloge rouge a claqué plusieurs fois. Je respire profondément. C'est pas souvent que je mets les pieds ici. J'essaie de deviner la fonction des outils que je connais pas. Les ouvriers referment des armoires à larges tiroirs qui grincent. La dernière machine s'arrête, le son se perd petit à petit sous la verrière, et un autre bruit s'élève, une voix forte, la voix de Sora.

Elle est debout avec sa tête furieuse.

— Je ne sais pas qui vous êtes mais vous n'êtes pas Mitch Cadum. *La Main*, c'était bien plus tôt que ça, et vous me la décrivez comme si c'était vraiment une main alors que c'est ce côté… ce côté monolithe qui m'a tout de suite plu, et émue, et…

Je reconnais à peine sa voix, on dirait qu'elle tire sur ses cordes vocales, elle supplie tout en accusant. L'homme en face d'elle s'est levé aussi, les mains ouvertes, elles paraissent immenses, il fait un geste apaisant du haut vers le bas, « Mademoiselle, mademoiselle » et ça met Sora hors d'elle, elle continue à donner des dates, des noms d'œuvres et de musées qu'on a jamais entendus ici, alors tout à coup l'homme se retourne et passe la main sur son visage plusieurs fois en nous regardant comme s'il enlevait un masque.

— Ok c'est bon, j'en ai ma claque. J'arrête. Je sais pas ce qu'elle a bouffé cette nana, mais j'ai eu ma dose. Je le sentais pas de toute façon.

Sora s'est retournée vers nous, elle interpelle Zed, en même temps elle pointe du doigt l'homme qui la regarde même plus.

— Alors quoi ? C'est du cinéma ?

Elle s'adresse à tout le monde dans la pièce silencieuse.

— Il est où Cadum ? Il est mort, c'est ça ?

J'ose plus regarder Sora, je regarde Zed qui la regarde, muet comme une pierre avec des yeux qui ont arrêté de cligner. Le seul qui bouge c'est l'homme, il s'est fondu dans la salle et dans les machines comme s'il avait jamais pris part à la conversation, comme s'il avait jamais rencontré Sora, et Isobel arrive pour prendre le relais, je sais pas d'où elle vient, Isobel en uniforme qui dit « Je vais vous raccompagner au train ». Sora proteste en esquivant, alors Isobel y va plus fort, main sur son dos, elle la pousse vers la sortie. On dit rien, personne dit rien, sauf Sora qui se débat.

— Quelle bande de malades ! Vous êtes vraiment tarés ! C'est une ville de tarés, où vous êtes là. Des sales menteurs.

Elle pointe sur moi son regard noir.

— Une sale petite menteuse, surtout.

Quand Isobel et Sora disparaissent derrière la porte coulissante, le silence revient, sous la forme du ronronnement des machines qui refroidissent infiniment, des bruits du soir dans la montagne, des respirations retenues qui reprennent. On entend une voiture déraper dans le gravier. Je me tiens en retrait, j'aimerais qu'on oublie ma présence, je fais trois pas en arrière sans savoir où aller, quoi faire. Soudain Zed se secoue.

— Barbiche ? Putain Barbiche !

L'homme aux grandes mains revient, son chiffon serré dans le poing.

— Bon débarras.

D'autres voix se joignent.

— La chieuse !

— Elle a qu'à retourner dans son grand musée.

— Qu'elle nous foute la paix.

Barbiche fait taire les voix qui s'amplifient dans la salle. Il a l'air de bien apprécier ce nouveau rôle de leader.

— Ça nous pose quand même un sacré problème. Pour Mitch, je veux dire. On laisse la nana rentrer à la capitale, elle balance qu'il est mort, et ici c'est fini.

Il y a un silence, énorme, envoûtant, effrayant, comme un ballon gigantesque qui gonflerait jusqu'à remplir tout l'espace.

— Si les commandes d'œuvres s'arrêtent, on crève pour de bon.

Ces visages que je croise au café des Mineurs, je les vois sous un jour nouveau, ils confirment le scénario sans un mot et ça s'accélère dans ma tête, je tire un fil qui me fait voir plusieurs coups à l'avance, je recule dans l'ombre, de plus en plus près de la porte. Les voix reprennent, elles s'adressent maintenant à Zed.

— C'est toi qui nous as convaincus de faire ce truc.

— C'est ta faute, gamin.

— Faut que tu t'en occupes, Zed. Tu vas nous régler ça.

Je vois la situation se détériorer quelques secondes avant que ça se produise. Les ouvriers qui menacent Zed, Zed qui se retourne et moi qui fonce vers la sortie.

— Te défile pas bordel. C'était ton idée !

J'atteins la portière de la jeep. Avant que je puisse démarrer, Zed m'attrape, sa respiration siffle et crache mais il a assez de force pour m'empoigner un bras et me le tordre dans le dos. Je peux rien faire d'autre que gesticuler de manière ridicule, il m'écrase le visage sur le siège passager et je lui crie d'arrêter, il me pousse et claque la portière, s'installe au volant, je me tais quand il commence à rouler, moi aussi je dois retourner en ville de toute façon. Je pense à ce trajet dans l'autre sens, à la montée avec Sora il y a même pas une heure, je sais pas comment les choses ont pu merder aussi vite. La voiture d'Isobel est loin devant nous, Zed attaque les virages comme un cinglé, les cailloux sont projetés dans le vide. Je regarde en bas, Terdef bordeaux et dorée, la gare qui grandit, les feux follets. J'essaie de prendre un ton calme et neutre pour demander à Zed ce qu'il compte faire.

— Pas moyen que Sora remonte dans ce putain de train. Plus maintenant. Tu les as entendus. On peut pas se défiler. On va faire ce qu'il faut.

En ville, la lumière a commencé à baisser et ça me redonne de l'optimisme. Par-dessus les maisons la grosse horloge de la gare indique 19 h 50, je dis à Zed qu'il faut qu'on se sépare, on aura plus de chance. Je lui dis d'aller voir au train, moi je vais vérifier si Isobel l'a pas emmenée au poste. Zed arrête la jeep derrière le commissariat dans un coup sec, m'attrape le poignet si fort que je me plie en deux.

— Le premier qui la trouve il lui règle son compte. Tu nous la fais à l'envers et c'est toi qui y passes. Je suis assez clair ? Allez barre-toi.

Zed me lâche et je sais que ça va faire un bleu. Il redémarre en trombe, il traverse la place et s'arrête devant la gare, je le vois s'engouffrer dans le hall en glissant sur le marbre. Je fonce au café des Mineurs.

À l'extérieur ça boit et ça parle fort, c'est l'heure où toute la ville est réunie sous la guirlande d'ampoules, et ce soir on fête le départ du train. Je me glisse entre les tables. Dedans c'est sombre et vide. J'entends d'abord sa voix. Sora est là, au fond, sous la lumière rougeâtre de ce téléphone qu'elle alimente de petite monnaie depuis deux jours. Le combiné calé entre l'épaule et l'oreille, elle lâche des jurons, le téléphone lui rend ses pièces en faisant des bips discontinus.

Elle a un mouvement de recul quand elle me voit, un mélange du regard qu'elle a eu l'autre matin face à Zed et d'une colère qui pourrait jamais s'éteindre. J'ouvre la bouche pour calmer le jeu et Isobel apparaît, elle se détache juste derrière Sora. Isobel fait un mouvement de la tête pour me faire décamper. Au moment où je me décide à parler, la radio d'Isobel crépite, c'est Bermann, il demande ce qu'elle fout. Isobel réagit pas, les crépitements continuent alors elle saisit la radio, j'ai l'impression qu'elle hésite. Elle regarde Sora, me regarde moi, appuie sur le bouton latéral de sa radio et parle sans cesser de nous regarder.

— La fille s'est fait la malle, je sais pas où elle est. Bouge pas je te rejoins.

Elle lâche le bouton et éloigne la radio pour me parler juste à moi.

— Si on te demande, je ne t'ai jamais vue ici. Compris ?

Isobel passe dans la fumée et disparaît derrière les lumières de la terrasse.

Dans l'ombre il reste seulement Sora et moi. Elle a toujours son regard qui veut me tuer, avec les bips du téléphone qui s'emballent comme un cœur. Je repense aux consignes de Zed. C'est pas le moment de me foirer. J'ouvre les mains comme pour montrer que je suis pas dangereuse.

Il y a des fois où je sais ce que je fais, où plus rien me stresse parce que tout est clair dans ma tête et j'arrive même à articuler les choses. Je dis à Sora de me suivre, elle refuse bien sûr alors je lui dis de pas faire la conne, qu'elle a pas compris ce qui se passe, qu'elle est en danger. Dans la pénombre du café, ses yeux sont plantés dans les miens, elle sait pas si elle peut me faire confiance. On se jauge, à égalité comme des animales. Je lui dis, est-ce que je te mentirais ? C'est une vraie question.

On sort du café par la porte de derrière, on contourne la place en longeant les murs, on s'éloigne par les ruelles sans électricité. Il fait toujours pas nuit.

7

Quand Zed veut me passer une bordée, par exemple si j'ai cassé des œufs en les sortant d'un convoi, il tape contre les clapiers et crie mon nom dans la cabane. Je sais comment ça va se terminer alors je me cache sous son lit. Il me voit pas mais grogne que je suis une petite conne et les ressorts du matelas se rapprochent de mon visage. Par terre, il y a les bandes dessinées avec les femmes surprises dans des wagons-lits et des hommes qui les pénètrent. Je vois la main de Zed qui se penche pour en ramasser, j'entends le bruit des boutons de son Jeans et sa respiration, les ressorts bougent pendant que je me retiens de me marrer. Parfois je glisse aussi ma main entre mes jambes, si ça nous calme tous les deux de faire ça je me dis que c'est pas plus mal. Sous le lit des parents, j'entendais rarement des grognements, plutôt des discussions qui en finissaient pas, des pleurs, des cris. Dans tous les cas ça confirme ma théorie : si tu veux pas qu'on te chope, planque-toi en plein milieu.

Les entrepôts sont tellement en plein milieu que plus personne peut les voir. Aussi parce que les choses qui dorment ici sont des souvenirs de quand c'était mieux, pas besoin de remuer le couteau. On dit les entrepôts mais c'est un seul bloc, un rectangle posé derrière la gare avec des murs irréguliers. Sora et moi on court vers eux en courbant le dos. Je lui montre par où traverser le grillage, je protège sa tête avec ma main pour pas qu'elle se coince une boucle d'oreille ou s'arrache les cheveux. Des lumières peignent la marquise de la gare dans notre dos, un coup bleu, un coup rouge, ça donne l'impression que le bâtiment avance et recule. Je savais même pas qu'Isobel avait des gyrophares sur sa jeep, elle doit pas avoir les sirènes qui viennent avec par contre, ça clignote en silence et le bruit semble énorme quand Sora se prend les pieds dans le grillage qui ondule en vibrant. On s'immobilise le temps de s'assurer que personne a entendu. Je glisse à Sora que le deuxième grillage, il faut l'enjamber et qu'ensuite on pourra souffler. Elle desserre à peine la mâchoire.

— On va surtout devoir s'expliquer, toi et moi.

Je l'aide à faire passer sa jambe mais j'ai pas le temps de la prévenir pour les barbelés, sa jupe se déchire, sa cuisse aussi, elle jure. Je l'aide à boiter jusqu'aux wagons, je me suis retenue toute la journée de lui dire qu'il fallait pas mettre de jupe et là ça sort tout seul. Elle se retient de pleurer, ça se voit.

On s'enfile entre les convois les plus anciens, on longe les quatre locomotives du siècle passé sur la plaque tournante, cette fois je pense à lui montrer les ronces et les trucs rouillés qui dépassent. Les lanternes d'aiguillage, les limitations de vitesse et les panneaux de fin de voie sont réunis dans un bouquet de métal. On se dirige vers l'angle tout au fond.

Là aussi comme partout les murs sont en briques rouges, simplement il y a des pans qui manquent, j'ai jamais compris pourquoi mais à Terdef faut pas chercher, les choses elles sont soit pas terminées, soit tellement anciennes que ça revient au même. Sora lève les yeux vers le graffiti peint au rouleau sur toute la hauteur, je sais pas si elle arrive à lire mon nom. J'étais énervée quand je l'ai fait, c'était le jour où j'ai décidé qu'ici ça serait chez moi et que personne entrerait, les lettres sont tordues. Sora est trop en-dessous pour se rendre compte de l'effet, en plus je pense que c'est pas sa priorité, elle s'appuie contre le mur en respirant fort, le sang coule le long de sa jambe, elle relève sa jupe pour voir. Ça m'a pas l'air grave mais elle ose pas toucher, comme si c'était sale. Elle va tourner de l'œil, je lui demande d'attendre.

Je passe derrière le wagon passager, le dernier en bon état qui reste aux entrepôts, parqué contre les briques, oublié par tout le monde sauf moi. Dessus, il y a mon graffiti de la nuit passée, un grand R, pas terminé. J'ouvre le boîtier électrique sous la plateforme, je mets mes mains dans mes manches, je joins les deux fils qui dépassent et les lampes s'allument en rivière sur le toit du wagon. La même ambiance qu'au café des Mineurs quand les ampoules multicolores donnent aux gens l'envie de danser plus près les uns des autres. Je reviens vers Sora, elle a des reflets bleus et rouges sur le visage, rien à voir avec ceux des gyrophares d'Isobel. Elle s'épuise à rester debout.

— On va pas nous repérer avec ces lumières ?

Je lui tends un t-shirt. Elle le déplie et le contemple comme un parachute troué. Je lui demande si elle veut du café, on dirait que ce que je dis touche pas les circuits de son cerveau, ou alors pas dans le bon ordre, elle reste bouche ouverte yeux fermés. Ses lèvres sont blanches à cause de la nuit, je pense qu'elle a froid. Je dois lui prendre la main pour qu'elle s'assoie contre le mur, en glissant doucement contre les briques. Elle peut souffler, ils la chercheront pas ici. Comme elle bouge pas j'essuie moi-même le sang avec le t-shirt, il est chaud. Je me souviens qu'elle aime le café fort. Je la laisse récupérer dans le coin et je sors la gazinière avec la casserole, noire tellement je la lave jamais.

Gamins, Zed et moi on venait ici se procurer des trucs. Il y avait pas les grillages, juste des voitures colorées avec des noms de compagnies dorés, des wagons remplis d'objets qui avaient appartenu à des gens tellement libres qu'ils oubliaient tout et réclamaient rien, ni leurs malles, ni leurs montres, ni leurs livres ou leurs porte habits.

Le café bout, j'en verse une tasse brûlante pour Sora. Je réalise que j'ai fait l'histoire dans ma tête parce qu'elle me demande dans quel endroit on est. Je rembobine en moins de mots. Les anciennes halles je dis. Pour mettre les trains qui ont fait le trajet un jour ou un autre depuis que ça existe. Entre chez elle et chez nous, je souligne. Je lui tends son café et lui pointe les étagères industrielles sur l'autre pan du mur, Sora se penche pour voir, sa tasse entre les mains. On dirait qu'elle tient un oisillon qui voudrait s'échapper. Elle se redresse et s'approche de l'immense étagère en gardant une main contre le mur rouge.

— C'est fou ! Mais…

D'un coup elle redevient Sora, et même Sora qui découvre la dernière œuvre de son idole.

— Ce sont des Vuitton ? Tu sais combien valent ces trucs ? Et là, c'est…

C'est comme avec les pièces de Mitch Cadum, elle a pas encore compris qu'ici, en dehors des billets de banque il y a rien avec une valeur absolue. Elle peut se servir si elle veut. J'ai dû toucher juste en redisant le nom de l'artiste. Ses yeux se noircissent et d'un coup elle se souvient pourquoi on est là, à se cacher parmi des objets du passé. Elle pose sa tasse à la hauteur de sa tête, sur la table mammouth formée à partir de deux trains en bronze qui s'enfoncent l'un dans l'autre et que j'ai jamais réussi à bouger parce qu'elle pèse mille tonnes. Sora s'adosse au mur. La tasse s'envole pas.

— Je n'arrive toujours pas à croire que Cadum soit… plus en vie. Ça me semble irréel. C'est comme si je perdais un proche.

On dirait une hippopotame qui sort la tête de l'eau quand elle dit ça, élégante et lourde, je m'attends à la voir battre des cils mais d'un coup elle se métamorphose, me regarde et crache de l'eau par ses naseaux.

— Mais ce n'est pas que moi, Liv ! C'est d'intérêt général ! À quoi vous jouez, pourquoi personne n'a averti la capitale que Cadum était décédé ? On doit absolument organiser des obsèques nationales, vous ne vous rendez même pas compte de ce que la nouvelle va provoquer là-bas…

Je ris sous cape. Et nous alors ? Elle pense vraiment qu'à Terdef on va faire la fête quand le monde entier saura ? Les hippos c'est dangereux hors de l'eau. Surtout les femelles il paraît. Je lui pose une question, pour voir ce qu'elle a vraiment compris. Je demande ce qui lui a fait tilt pendant l'entretien. Mon ton ressemble à celui d'Isobel qui questionne.

— Tu parles sérieusement ? J'ai immédiatement eu un doute. Quand cet imposteur s'est mis à parler c'est devenu clair, ça ne pouvait pas être lui. Sa vie, son œuvre, je les connais par cœur. Je suis née avec du Cadum dans la tête, tu n'imagines même pas.

Sora me regarde avec une façon qui doit m'aider à imaginer. Je la ramène sur terre en lui disant que c'est quand même débile de risquer de mourir à cause de ça. Elle reflippe tout de suite.

— Vous seriez vraiment capables de me... me liquider ? Vous avez quoi à gagner en entretenant ce secret ? Et toi pourquoi tu les aides, tu as quoi à en tirer, putain ?

J'aime pas quand les gens utilisent ce mot, putain. Il claque mais pour de mauvaises raisons. À une époque Zed le taguait sur tous ses trains comme des dédicaces, c'était le mot de la capitale selon lui. Apparemment il avait raison. Je dis à Sora que ça me dérange qu'elle utilise ce mot, elle est prise au dépourvu, la situation est sérieuse, elle pige pas pourquoi je change de sujet et elle redit putain. Après un silence, elle parle de Zed.

— Ton frère te traite comme une moins que rien, pourquoi tu supportes ça ? S'il a été capable de me frapper sans raison dans le train, je suis sûre qu'il le fait avec toi aussi.

Ça me touche pas quand elle dit ça mais ma salive prend un drôle de goût, comme après un café refroidi. Elle s'acharne en se rapprochant.

— Pourquoi tu restes avec lui ? Ça te plaît vraiment de te faire du mal, ou tu es juste trop stupide pour voir que ta vie ne mène nulle part ?

J'aimerais bien que Zed soit là maintenant. Un Zed pas fâché qui lui expliquerait lui-même, à Sora. Et juste en pensant ça je comprends que ces deux choses sont impossibles – Zed pas en colère et Zed dans les entrepôts. Il faut que je me secoue, à partir de maintenant il faut faire seulement avec ce qui est possible, sinon je vais commencer à croire à de grandes choses comme Sora, ou devenir méchante comme Zed.

— Liv, tu dois me dire la vérité.

Je regarde un moment son visage, partout sauf les yeux. Sa cicatrice à la pommette brille, elle me fait penser à un petit bout de paille dorée, qui flotterait sur ces rivières de montagne où on allait avec papa. Il suffisait de se pencher et de tendre les lèvres pour boire. Je dis à Sora qu'on va aller à l'intérieur de la locomotive maintenant. Je montre la grise, cuirassée sous sa tôle recouverte de graffitis de toutes les couleurs, juste à côté de nous. C'est la mienne. Ses genoux craquent quand elle me suit.

Habiter à Terdef fait qu'on aime pas beaucoup les lieux clos, surtout quand ils sont petits. La cabane, par exemple, je la déteste, c'est pour ça que je dors tout le temps ici. Ma locomotive, elle est ok. J'ai accroché plein de vêtements au plafond, ils pendent comme une lessive immobile et quand on se couche les yeux ouverts on dirait des villes avec des gratte-ciel, vues d'en haut mais à l'envers. Les lampes font une lumière plus douce que celles de l'extérieur. Sora touche à rien. Elle écarte les yeux. Il y a des boîtes de jeux sur l'étagère. Celui qui suit le trajet d'une famille de la gare jusque chez elle, je l'aimais bien. Deux parents et deux enfants toujours ensemble. Il y a aussi une lanterne de locomotive à pétrole, lourde et verte, que j'allume jamais parce qu'une fois qu'elle sera vide, il faudra l'oublier.

— C'est magnifique.

J'approche un briquet et j'embrase quand même le liquide, j'aimerais que Sora se rende compte de ce que je fais pour elle. Elle sursaute avec le retour de flamme, je fais tourner la molette pour atténuer, j'éteins les autres lampes pour qu'on soit vraiment seules au monde et je lui dis qu'elle peut s'asseoir sur les coussins si elle veut.

Elle veut, je m'installe plus loin sur une chaise de camping. Sora arrange ses cheveux avec les doigts et les fait passer tous d'un côté de sa nuque, elle coince sa jupe entre ses jambes. Je vois que le sang a séché sur sa cuisse. Ça ressemble à un delta de rivière avec des bras boueux qui s'effilochent dans la caillasse. Elle regarde autour d'elle comme une chouette intéressée.

— C'est une vraie bulle ici.

Je dis que ça change de la cabane. J'essaie de rire pour cacher la gêne et oublier pourquoi on est là. Elle me répond très sérieuse.

— Chez soi, ce n'est pas forcément un lieu, ça peut être un sentiment. Là, j'ai l'impression d'être vraiment chez toi.

Je hausse les épaules et j'attrape Sora par le poignet un peu brutalement, elle a un geste de recul, mais c'est juste pour détacher la montre en or. Je lui explique. Ici, on a pas l'heure exacte mais on sait ce que tout le monde fait à n'importe quel moment. On est reliés à rien mais entre nous tout est connecté. Si tu touches quelque chose, ça se ressent dans toute la chaîne. Je lui parle comme sur la montagne, comme si j'en étais vraiment capable. Elle a l'air d'avoir compris qu'elle peut aussi m'écouter sans avoir un truc à dire. Elle a raison, c'est une bulle, mais fragile. Je sors une boîte à outils d'une étagère, j'enfile une lampe frontale et je me mets à démonter la montre. Si j'ai réussi avec celles de la ville, je vois pas pourquoi ça marcherait pas avec celle-là.

— C'est ici que tu as dormi, la nuit passée ?

Ça me surprend qu'elle pose cette question. Non j'ai pas dormi là, mais pas loin. Dans le wagon passager, juste à côté. Il y a tout ce qu'il faut. Je lui demande si elle a froid mais je laisse le faisceau de la lampe braqué sur la montre.

— Le wagon tagué ?

C'est un graffiti on dit. Fais pas semblant d'y connaître quelque chose. J'ajoute qu'elle tremble, que c'est pour ça que je demande.

— Et pourquoi on peut pas dormir ici ? Elle est cozy, la locomotive.

Elle attrape le pull à capuche que je lui tends, elle l'ouvre et le met sur ses jambes comme une nappe. Ici ça sent trop le charbon, je lui dis que la nuit passée, de toute façon, j'ai pas dormi parce que je travaillais. C'est pendant la nuit que je suis la plus concentrée. Je lui dis pas que j'ai juste peint un R parce que j'aime bien comme elle le roule légèrement quand elle le dit.

— Moi, ça me semble impossible que ça soit la nuit passée tu vois. Le temps a une manière unique de s'écouler ici.

Je lève la tête et le faisceau de ma lampe frontale vient lui lécher les jambes. Elle a pas tort. Je me reconcentre sur la montre. Mon tournevis dérape sur une petite roue dorée et une minuscule vis est éjectée. Je dis crotte, Sora rigole, elle se penche pour la ramasser, me la tend, la vis est si petite que nos doigts sont obligés de se mélanger pour que je la récupère, en plein dans le rayon de lumière. On dirait les mains de deux autres filles, et qu'on les regarde pour voir ce qu'elles vont décider de faire.

On reprend nos places. Je dis que c'est la dernière montre de tout Terdef à pas être à l'heure, Sora se demande si le train est parti ou non, je lui réponds qu'on l'aurait entendu, on est juste à côté. J'arrête la chaîne des questions-réponses parce que je dois sortir ma langue entre mes lèvres pour me concentrer sur le minuscule mécanisme.

— Du coup tu as un plan ? Je ne vais quand même pas rester ici et me cacher jusqu'à ce que ces tarés m'oublient ?

Elle parle de ça avec trop de légèreté, ça me donne envie de peindre quelque chose en elle avec un spray, en lettres bien grosses pour que ça imprime, comme quand on s'est payé les gradins de la mine avec Zed en crachant de la peinture à l'extincteur. Je veux qu'elle se sente mal. Je dis que si le secret de Mitch Cadum fuite jusqu'à la capitale, c'est la mort assurée pour Terre-des-Fins. J'explique que les gens d'ici laisseront jamais ça arriver, pas après tout ce qui s'est passé. Sora hausse les sourcils.

— C'est drôle, c'est la première fois que tu utilises le vrai nom de la ville. D'ailleurs il est mort quand, Cadum ? Et de quoi ?

Il est mort de la même chose que tout le monde, et même plus méchamment d'après papa, parce qu'il en avait avalé plus que sa part, de la poussière de pierre. Pour la date je sais pas, juste que c'était avant ma naissance, enfin notre naissance je précise. Quelque chose passe dans les yeux de Sora, elle s'y attendait pas, elle plaque une main devant sa bouche. Ses épaules tremblent. Je lui demande si sa mort change un truc, puisque les œuvres ont continué à arriver à la capitale. Est-ce que quelqu'un a remarqué quoi que ce soit de différent ? Même au bord des larmes Sora cherche à s'en sortir.

— Donc le gars que j'ai vu, c'est pas Cadum mais c'est quand même lui qui a fait tout ça ? Depuis vingt ans ?

Barbiche ? Je ris parce que c'est tellement stupide. Barbiche a rien fait, enfin oui, il est là depuis le début mais il a rien fait tout seul, personne a rien fait seul, c'est plutôt que c'est un groupe. Que c'est tout le monde. Sora a l'air de pas comprendre. Je soupire. Mitch Cadum, il laissait déjà faire les ouvriers quand il était pas encore mort, papa aussi a aidé par exemple, jusqu'à ce qu'on comprenne que la pierre nous tuait. Là on a voulu arrêter, sauf que les œuvres ont pris de la valeur, c'était plus possible de dire stop, la machine s'était emballée. Si un billet te tombe tout cru dans la bouche chaque semaine, tu penses plus à la mort.

Je sens le bruit des paupières de Sora quand elles battent, elle essaie de chasser les questions qui lui passent devant les yeux, elle sait que je réponds mieux quand il y en a qu'une seule à la fois.

— Comment vous avez fait pour garder ce secret durant toutes ces années ?

Disons que pour qu'un secret reste un secret, il faut que personne vienne mettre son nez dedans. Et si quelqu'un le fait, alors il faut l'empêcher de partir... Je braque la lumière sur Sora, elle doit mettre sa main devant le visage. J'ai conscience de la menacer.

— Vous devriez clairement en parler. Je crois même que ça pourrait redonner de la popularité à la ville. Et dans un deuxième temps aux œuvres de Cadum. Vous tenez une histoire incroyable !

Je commence à la connaître alors je sais qu'il y a un « mais ».

— Mais pour ça il faut que je rentre.

J'aime pas quand une personne essaie de mentir pour s'en tirer, surtout quand elle vient de me demander d'être sincère. Sora, je vois bien qu'elle risque notre ville sur un coup de dés et j'en ai assez de jouer avec elle, il faut que la partie se termine.

— Tu préfères protéger une ville qui, de toute façon, va finir par mourir ? Cadum, il aurait dû avoir quatre-vingts ans en automne, c'est pas comme si vous pouviez continuer comme ça pour toujours.

Je trouve sa remarque minable, qu'est-ce qu'elle en sait de comment on peut continuer et jusqu'à quand ? À Terdef je connais personne qui regarde plus loin qu'après-demain, c'est déjà assez compliqué comme ça. Je m'énerve et j'enfonce la dernière petite roue dorée dans le dos de la montre, ça produit un clac brillant suivi d'un léger bruit de rembobinage, comme une canne à pêche qui laisse partir sa ligne dans le courant. Je referme le boîtier et tourne le remontoir. Sora parle encore. Elle s'est levée.

— Tu as l'air d'avoir de l'influence sur eux. On pourrait juste aller leur parler. J'ai bien vu comme tu as tout organisé, comme tu manœuvres ton frère, je suis sûre que tu peux leur expliquer qu'il n'y a rien de grave.

Je sais pas de qui elle parle mais je manœuvre rien du tout, c'est seulement elle qui a besoin de moi et qui veut me faire croire que c'est réciproque, il faut qu'elle arrête d'essayer de m'y perdre parce que ça va pas aider, ça va juste pas aider.

— Mais ça peut être beau, Liv, de s'y perdre.

J'éteins la lampe frontale, je me lève aussi mais pour sortir. Il y a plus assez d'air là-dedans, ça va pas où je voudrais. On est chacune debout contre une paroi de la locomotive, l'ombre de Sora est plus grande que la mienne, la lampe à huile a beaucoup faibli, je savais que j'aurais dû la garder pour une vraie occasion. Je dois passer à côté d'elle pour sortir mais elle tend le bras. Elle me regarde dans les yeux alors je baisse les miens, je scrute l'os qui fait une boule à l'endroit le plus étroit du poignet. Je lui rends la montre. On dirait un serpent brillant entre ses doigts.

— Tu l'as réparée ! Tu es magique.

Elle me la redonne direct.

— Fais-le toi.

Elle abuse. J'essaie de pas toucher sa peau quand je fais circuler le bracelet autour de son poignet. Je sens la sueur dans ma nuque, ça m'énerve d'être gênée comme ça et le fait qu'elle continue de parler avec ses grands mots m'aide pas du tout.

— Moi, je me suis perdue dans l'œuvre de Cadum parce qu'elle venait réveiller des émotions profondément enfouies. Je voulais comprendre ce que c'était, j'étais encore ado, j'avais tout à découvrir. Je l'ai étudiée et ça m'a appris beaucoup de choses, mais il reste toujours une part de mystère.

Sora a des poils très fins, presque transparents. Il y en a quelques-uns qui se coincent dans la fermeture quand je fais passer la tige de métal dans le quatrième trou, ça bruisse quand ils s'arrachent ensemble, elle réagit pas, en tout cas son regard me fixe sans trembler.

— Et tu sais, j'ai l'impression que Terre-des-Fins est en train de répondre à une partie de ces questions.

Elle sent la transpiration et le café.

— Toi aussi tu m'intrigues. Et je dois dire que je suis de plus en plus admirative. Tu sais tout faire mais sans t'en rendre compte.

Elle lève son bras dans les airs et fait tourner la montre autour de son poignet, sourit de toutes ses dents droites et blanches, on dirait une déesse qui a retrouvé son pouvoir. C'est chiant de voir à quel point elle est jolie quand elle fait comme ça.

— Tes graffitis aussi. Tu es beaucoup plus douée que Zed.

C'est la première fois qu'elle l'appelle par son nom et ça me donne l'impression qu'elle veut me le prendre. Elle en fait trop. J'essaie de forcer le passage.

— Est-ce que je te mentirais? Ce sont tes mots.

La lampe à pétrole s'éteint, Sora me bloque la porte, elle fait exprès mais de manière passive. J'entends ma respiration qui se calque sur la sienne, nos souffles qui accélèrent comme s'ils rebondissaient sur nos bouches, ça ressemble à deux trains qui s'approchent dangereusement.

— J'ai l'impression qu'on pourrait s'apporter quelque chose, toutes les deux. Tu t'en sortirais très bien à la capitale.

Sora a passé ses mains autour de mon cou, je sais pas ce qu'elle fabrique. Sans ses talons on fait la même taille, mes jambes sont pas très stables, comme si je marchais sur de la mousse, mais dans mon ventre ça devient très grand et chaud. La bouche de Sora est en face de la mienne, elle est légèrement ouverte, on dirait un glacier qui appelle et pendant une seconde je me dis que si j'y plonge, je vais enfin apprendre des choses.

Fait chier.

Je repousse Sora contre la paroi, j'ouvre la porte et je sors à l'air libre. Le jour arrive déjà. Je contourne la locomotive, je m'énerve, j'arrive devant le wagon dans lequel j'ai installé le matelas, j'ai envie de planter Sora là mais j'y arrive pas. Elle va bien finir par avoir sommeil, non ?

Le sac est caché sous le wagon. Je dézippe, bruit de bombes qui se cognent, je mets les plus grosses buses, j'ai envie de tout casser. Le chromé va y passer, je vois pas pourquoi je le garderais pour Zed, il avait qu'à mettre la main sur Sora avant moi. Pour la première fois de la nuit, je me demande où il est, ce qu'il fait, s'il pense que je suis en train de les trahir ou de les aider. J'enfile la chemise de papa et je remonte mon t-shirt sur mon nez.

Sora m'a suivie sans bruit. Elle s'assied derrière moi sur la plateforme de la locomotive, je la vois en coin, elle me regarde. Au moins elle se la ferme.

Je reprends le R comme je l'avais laissé hier, le R de son nom peint en grand sur une vitre du wagon mais je décide que c'est plus le sien.

J'ajoute un E juste à gauche, je le fais nerveux avec des angles et une flèche qui dégouline vers les roues en sautant sur le bord de la vitre. Je m'approche pour tracer la ligne sans lâcher la pression, je prends le chromé et je remplis, la bille rebondit dans la canette entre deux lettres. Il fait de plus en plus clair au fur et à mesure que la peinture s'étale sur le wagon, comme si mes gestes aidaient la lumière à venir. Je sens les yeux de Sora qui m'enveloppent. C'est la première fois que quelqu'un d'autre que Zed me regarde faire. À gauche du E je trace la barre verticale du T, normalement je le terminerais rapidement et j'enchaînerais avec les trois dernières lettres de TERDEF, classique mais efficace, mais je suspends mon geste. Je recule d'un pas, la bombe dans la main, pour regarder la pièce et constater que oui, ça pourrait donner autre chose, il faudrait essayer. Sora aussi contemple en fronçant les sourcils.

— Je ne connais pas grand-chose au graffiti, mais je continue à dire que tu as du talent. C'est très beau quand tu peins, on dirait que tu danses.

C'est vrai qu'elle y connaît vraiment rien, je ris parce que c'est pas du tout terminé. À cet instant, je me dis que si elle se lève de sa plateforme et m'annonce qu'elle retourne à la gare, j'abandonne mon plan et je la laisse faire. Elle connaît les risques, c'est sa vie après tout. Moi je veux juste peindre des lettres.

À la place elle demande s'il y a pas un endroit où elle peut dormir. Je jubile. Elle en a mis du temps.

— Je tiens vraiment plus. Tu me montres ton lit ? Et demain, première heure, on va voir les autres et on discute. Marché conclu ?

Elle tend même pas la main, je souris et je dis ok, ça a l'air de suffire à la rassurer. J'ai de la peinture plein les paumes, ça laisse des traces sur la poignée quand j'ouvre la porte. Le marchepied se déploie, je m'écarte pour la laisser monter dans le wagon passager.

C'est le même modèle que celui du convoi, là où ils placent les vivres les plus fragiles, les œufs et la viande, là où Sora dormait quand je l'ai vue pour la première fois. J'ai juste mis un matelas dans la travée centrale, une couverture et un oreiller en mousse. En repensant à cet autre wagon passager, à Sora comme un sac sur la banquette, je me demande de quoi je me suis mêlée, mais c'est trop tard maintenant. Je lui dis qu'elle peut se poser là et que je suis désolée pour l'odeur de peinture. Elle met pas longtemps à s'endormir.

Quand la bombe de blanc est vide, le soleil gicle sur le bord des montagnes. Les entrepôts reprennent leur place au milieu de nulle part. Je transpire, j'enlève la chemise, je noue mon t-shirt au-dessus du nombril pour sentir l'air du matin sur mon ventre. Mes mains sont violettes, j'ai encore mal du décapage de l'autre jour. Je bois deux litres d'eau et je m'en gicle dans le cou.

Dans le wagon, je m'approche de Sora sans rien toucher. Elle dort exactement comme hier matin, le bras ouvert sur le côté, le menton replié dans le cou. Ses paupières font de petits sauts, je me demande si elle rêve de moi. Mon graffiti assombrit les fenêtres, on dirait des vitraux tristes qui retiennent la lumière du matin. J'ai sorti la corde du sac, je me couche à côté de Sora, je glisse un bras sous le matelas et récupère l'extrémité de la corde de l'autre côté. Une goutte d'eau tombe de mes cheveux sur ses lèvres, je reste immobile, Sora entrouvre la bouche et la goutte disparaît comme une bille agile. Je tire d'un coup sur les deux bouts de la corde, pour que Sora redevienne un sac.

Comme elle se réveille, je place une chaussette en boule dans sa bouche pour étouffer ses hurlements, j'ajoute quelques nœuds à la corde que je resserre, je sais que je lui fais mal. Son corps se débat mais arrive qu'à sautiller comme une carpe sur le flanc. Je passe un doigt sur la sueur qui perle à la racine de ses cheveux. Ses yeux ouverts au maximum essaient de m'attirer vers elle, mais je tombe pas dedans. Je chuchote que je suis désolée, que ça va aller et je détache sa montre, je la glisse dans ma poche. Je rejoins la porte du wagon. C'est seulement là que je la regarde dans les yeux.

Les gens que j'ai vus allongés alors qu'ils allaient mourir avaient de la peur dans le regard, mais aussi autre chose, une lumière pas ordinaire, un feu qui doit avoir un lien avec les esprits endormis dans la terre. Pour maman, je me suis dit que c'était le début de son nouveau chemin et qu'il était très attirant, pour papa c'était plus difficile parce qu'il clignait sans arrêt des paupières comme pour que je voie pas. Les yeux de Sora reflètent bien la peur, mais sans la lumière. Je saute du wagon, le marchepied se replie quand la porte se ferme.

Il fait jour, je bâille en retraversant les entrepôts. Je me retourne pour regarder mon graffiti, il s'étale en immense sur toute la longueur du wagon passager, en travers des fenêtres, je le trouve classe. Zed dit qu'il faut écrire en grand des mots qui ont un sens, son propre blaze ou le nom de la ville parce que ce sont des choses dont on doit être fier. Ce matin mon nom c'est un verbe, rouge, violet, chromé. *Crier*. Ce sera un peu triste, les entrepôts sans le wagon passager, mais je m'habituerai.

La montre dorée dit qu'il est 5 h 50. Je repasse par le trou dans le grillage, les trains s'endorment. Il me reste juste assez de temps pour retourner à la gare et saboter le convoi pour la capitale.

8

Des fois je prie pour un cataclysme. Pas quelque chose avec un effet lent comme un minerai toxique ou la disparition d'un artiste. Plutôt une vague immense et glauque, l'eau qui engloutirait tout, briserait les vitres et déboîterait les briques rouges comme des jouets. Ensuite, les briques redeviendraient de l'argile, elles se fondraient tranquillement dans les terres marécageuses, les esprits se réveilleraient et Tordef aurait comme jamais existé.

Les hautes herbes sont couchées sur le flanc, le vent a tout emmêlé. Je grelotte en marchant sur la voie ferrée. Les traverses sont glissantes. Le soleil crée des ombres longues et tristes à partir de mes chaussures. Mes mains sont pleines de cambouis, mes muscles sont tétanisés d'avoir desserré des boulons et je me suis éraflé le bras avec les pinces. Les nuages bougent rapidement. Au milieu de chaque rail usé par les roues de métal, l'acier est pailleté jusqu'à l'os, ça dessine deux flèches éclatantes en direction de l'horizon. Je suis les flèches pour pas m'endormir. Il me reste un dernier truc à faire. Celui que je redoute le plus.

Mon ombre atteint la porte de la cabane plusieurs secondes avant que je tourne la poignée. Doucement, pour pas réveiller Zed. C'est une précaution inutile parce que je sais déjà que quelque chose cloche. La génératrice est allumée. Sa vibration fait couiner les cochons d'Inde qui remuent dans la paille. La cabane est pleine de voix et de musique. J'en ai aucune envie mais j'entre.

Zed a allumé la télé. Il le fait uniquement pour se venger, quand il sait pas où je suis, par exemple parce que je suis en train de ligoter une dame de la capitale. Il nous a cherchées toute la nuit. Il a pas pensé aux entrepôts.

Mon corps fait l'inverse de quand il est en présence de Sora : il se rétracte, il se prépare comme si ça allait aider à accueillir les coups. À peine la porte passée, Zed m'attend et vise le ventre. Je me plie en deux. Son plat du pied me pousse vers le sol, je roule sur le côté, genoux contre le ventre, bras devant le visage. J'essaie de cacher la peinture sur mes mains pendant qu'il vise les côtes. Entre mes cheveux, j'aperçois l'écran bombé de la télévision et je me concentre dessus. Une femme chante, elle sort d'une forêt de sapins et saute dans un train avec un livre, elle a l'air libre et heureuse. Quand Zed a terminé il me parle entre ses dents serrées, j'entends ses pas autour de moi.

— T'étais où ? Qu'est-ce que t'as foutu toute la nuit ?

Cette fois il frappe droit dans le visage. Je prends sans broncher. Le sang dans ma bouche a un goût de pierre. J'en crache pour que Zed recule.

— Tu sais que je déteste quand tu me réponds pas putain. T'en veux une autre ou tu vas dire quelque chose ?

Au lieu de continuer, il se laisse tomber en arrière sur le canapé. Il relève son t-shirt et s'éponge le visage, il transpire et souffle, on dirait qu'il accouche mais que ça vient pas. J'avais jamais vu qu'il avait autant de poils sur le torse.

Je suis presque sûre qu'il a pas la force de m'en remettre une autre, il a pas dû beaucoup dormir non plus, je réponds pas à sa question. Je passe ma langue contre mes gencives, le sang m'électrise. Dans la télé la femme raconte son histoire à un homme qui imprime son livre à des milliers d'exemplaires, elle devient célèbre mais elle a pas l'air heureuse du tout. Zed secoue la tête, je crois d'abord qu'il pleure mais c'est juste des reniflements. Il se penche, le visage dans les mains, ses cheveux barrent son regard.

— On l'a cherchée partout. La conne est introuvable. J'ai la pression, Barbiche dit que le musée paiera que dalle pour l'œuvre s'ils la reçoivent pas à temps. Le train doit repartir ! Faut que tu règles ça très vite sinon je suis mort, tout le monde est mort et toi la première avec tes putains d'idées tordues.

Savoir quelque chose que Zed sait pas me donne de la force, je me lève, j'essuie ma bouche. Je me tiens la plus droite possible pour lui dire que c'est bon, que ça a pris du temps mais qu'on entendra plus parler de la fille, je m'en suis occupée.

— Répète ce que tu viens de dire ?

Il veut me prendre l'épaule, je chasse son bras d'un geste brusque. Il commence à plus savoir si douter ou croire. Je sens que mes yeux sont très verts, je dois être convaincante, j'aimerais bien voir comment il me voit. Le soleil entre dans la cabane et salit le plancher, la télévision est coupée en deux par une barre de lumière, de la poussière flotte contre l'écran. Je désigne les cochons d'Inde derrière la porte restée ouverte, je demande à Zed combien de temps il tiendrait, lui, bâillonné dans une cage sans manger ni boire. Je soutiens son regard plus longtemps que lui.

Je prends mes cheveux dans les mains et je les attache en chignon pour que Zed voie bien ma lèvre gonflée. Le mouvement de mes bras fait virevolter la poussière autour de moi, la montre de Sora apparaît à mon poignet, un reflet brillant, je suis devenue intouchable. Zed regarde tout, la montre, moi, les cochons d'Inde, je peux entendre les rouages qui s'emboîtent dans sa tête. Il fait ok, plusieurs fois. Je lâche pas ma position. Enfin je l'entends soupirer bruyamment, comme quelqu'un qui vient de remonter à la surface après une apnée. Il met ses mains sur ses cuisses, se penche, tousse comme si c'est lui qu'on avait frappé à l'estomac.

— Putain Liv.

Il répète mon nom, il veut remettre sa main sur mon épaule mais la referme au dernier moment. À la place il zippe sa polaire.

— T'aurais pas pu le dire tout de suite aussi ?

Il sort sans se retourner. Il va l'annoncer aux autres et passer pour le héros. Ça m'est égal, je le laisse gagner, je regarde la télévision. La femme a disparu, à la place il y a des images de paysages qui défilent en accéléré, comme si quelqu'un avait fixé une caméra à l'avant d'une locomotive pour bien montrer tous les pays qu'on peut traverser quand on a le pouvoir de le faire. Le rythme suit les éléments du paysage. La musique est nulle.

J'ai mal partout. J'arrive pas à redescendre de mon état de contrôle. Je sors et je passe derrière les clapiers, je coupe la génératrice, la musique s'éteint d'un clac. Le soleil atteint la couche des nuages noirs et la lumière disparaît, le vent a changé de sens, il va y avoir un ouragan. J'ai l'impression que l'herbe tangue, que des petits feux dansent aux extrémités de mon champ de vision, avec Zed qui court vers Terdef. Je lance des poignées de maïs devant les cages et je laisse les cochons d'Inde sortir. Je voudrais pleurer mais j'arrive pas. Je rejoins ma chambre, je règle la montre de Sora sur à peu près 18 h 30, c'est dur d'être précise avec la molette si minuscule et mes doigts engourdis. Je revois son poignet dans la lumière de la lampe frontale. Le train part à 20h, il faut que j'y sois.

La pluie frappe violemment les vitres. Je tire les rideaux et me laisse tomber sur l'oreiller bleu-vert, comme un plongeon volontaire sous la surface de Lac Glauque.

Je me réveille les yeux ouverts et la montre se met à sonner juste après. Ma chambre est très lumineuse, le soleil tape exactement sur le carreau fendu. Je me redresse et j'éternue dans la poussière, il y a des cochons d'Inde partout, j'ai oublié de refermer les cages. Leurs petits culs bicolores se dandinent sur le matelas, sous le lit, dans la cuisine, ils bouffent les restes de riz et les miettes de croissant. J'ai dormi toute la journée mais je suis encore plus fatiguée. J'écrase la montre entre le pouce et l'index et elle se tait.

Je sors vers les clapiers en me massant le dos. Les cochons d'Inde sont vraiment des animaux cons. Ils sont libres d'aller où ils veulent mais il y en a plein qui tremblent encore dans leur cage ouverte. Je vérifie autour en clignant. L'ouragan est passé, il a emporté le ciel et maintenant il reste que le soleil qui forme une zone impossible à regarder au milieu d'un arc-en-ciel circulaire. 19h. Tout le monde doit déjà être à la gare. Je secoue le poignet pour faire glisser ma manche par-dessus la montre. L'obscurité me manque.

Les hautes herbes sont de nouveau dressées, elles ont retrouvé leur force et je leur demande de m'en prêter un peu. Je fais s'envoler des cailles à hauteur du passage à niveau. La boîte de cassoulet est toujours là. J'ai mon rêve qui tourne en boucle, je voudrais pas l'oublier mais pour ça il faudrait le dessiner et c'est hors de question. Ces images de Sora et moi, j'en crèverais si quelqu'un tombait dessus. De toute façon les rêves, c'est rien d'autre que des esprits qui traînent, faut pas en déduire quoi que ce soit.

En arrivant à la gare, je vois que le chargement de l'œuvre est terminé. La grue orange est en pièces détachées sous la marquise. L'œuvre est tronçonnée en trois blocs de plusieurs mètres, sanglés sur trois wagons-plateformes recouverts d'une bâche avec le nom du musée. Je me demande si Mitch Cadum aurait aimé cette pièce. Je pense à Sora, à son amour pour ces bouts de notre terre, à son envie de la comprendre vers la fin, à sa façon de se tortiller quand je l'ai attachée. La sensation de ses mains sur mon ventre dans le rêve que je raconterai jamais.

On dirait que toute la ville est sur le quai, je dois jouer des coudes. Anatoli a lavé sa salopette, il s'est rasé et sent le savon, il me fait un signe de la main. Isobel a défait son chignon, elle a le teint presque vert, une gueule d'enterrement, je la reconnais à peine. Elle évite mon regard. Bermann garde le pouce dans le ceinturon.

Zed est là aussi, je le reconnais de dos avec sa polaire et son jeans trop bas sur le caleçon. Autour de lui une petite foule le regarde peindre le wagon passager, un grand Z vert sur lequel il repasse, il y a même une vieille qui prend une photo. Zed se retourne, il a mis un masque, on fait jamais ça quand on peint, on fait jamais ça tout court, peindre devant la ville entière. Il me sourit derrière son masque et s'y remet, pulvérise des reflets sur les trois lettres immenses, ça fait un bruit de fusée qui s'envole.

— Alors t'en penses quoi ? C'est du lourd non ? Mitch est pas le seul à envoyer son chef-d'œuvre vers la capitale tu vois.

En combinaison de mineur nouée autour de la taille, Barbiche lui offre une tape sur l'épaule.

— Respect gamin. T'es un des nôtres maintenant. Faudra que tu passes aux ateliers pour voir comment tu peux aider. On a besoin de jeunes qui en ont, et toi t'en as.

Zed bombe le torse. C'est le truc avec lui, il s'invente des histoires et ensuite tout le monde y croit. Il met son sourire en coin qui le rend convainquant et répète à Barbiche qu'il a rien fait, vraiment, à part assister au drame. Il se rendait aux ateliers, il a vu la citadine s'approcher trop près du lac, personne lui avait dit que sa beauté pouvait cacher des dangers, quand il a couru vers elle c'était trop tard. On a même pas retrouvé son corps. Barbiche reprend le refrain pour que tout le monde entende. On sent que ça les fait mousser, comme si la ville s'adressait un clin d'œil à elle-même, comme si toutes les briques de tous les murs pivotaient pour se refermer sur le secret. Et en même temps c'est un avertissement. Ils s'en foutent que ce soit la vérité ou pas. Il y a rien pour les curieuses ici. Ni pour les traîtresses.

Bermann parle maintenant directement aux gens attroupés sur le quai, ça me rappelle le pasteur à l'époque où Terdef avait une église et des gens pour y aller. On voit que ça lui plaît, il lève le menton pour se donner l'air important et dit que le musée a été mis au courant de l'horrible accident. La stagiaire avait développé une passion malsaine qui lui a fait prendre des risques inconsidérés, Mitch Cadum s'est d'ailleurs fendu d'une déclaration officielle réaffirmant qu'il ne donnerait plus d'entrevue. Bermann ajoute qu'un hommage sera rendu à la jeune femme dans la capitale, qu'elle y était très estimée. En attendant, la vie doit continuer et le train va partir. L'œuvre arrivera à temps pour l'inauguration. À la fin de son prêche, Bermann s'approche de Zed, s'arrête devant le graffiti qui recouvre le wagon passager.

— La gloire, ça dure jamais longtemps. Profite.

Tout le monde se retourne parce que Barbiche a enclenché l'un des automates ressortis pour l'occasion. Des gens se mettent à taper dans les mains, certains se prennent par le bras pour danser, un des mineurs veut m'attraper la taille, j'esquive, je vais vers Zed qui recule pour admirer son œuvre. Il cherche mon approbation mais sa mine change quand il voit ma lèvre gonflée. Il me parle à voix basse sans cesser de sourire aux gens autour de lui.

— Ta bouche putain. T'aurais pu la maquiller au moins. Montre je vais arranger ça.

Il passe son pouce mouillé de peinture verte sur mes lèvres, je serre les dents mais je le laisse faire.

— Voilà comme ça c'est mieux.

Je lui dis qu'il a pas eu de problème pour mentir, au sujet de Sora.

— Ta gueule. Je t'ai évité des ennuis. Et personne t'aurait crue de toute façon.

Il remet son masque en claquant l'élastique.

— On a sauvé la ville. Je crois que tu te rends pas compte. L'équipe de choc, Liv.

Ce dont je me rends compte, c'est que Sora avait raison : il est vraiment à chier, le style de Zed.

L'horloge au sommet de la marquise indique presque 20h. Maintenant qu'elle est réglée, tout le monde la scrute pour savoir quand le train va partir. Le ciel est bleu pétrole, on dirait que des anges passent au-dessus de nos têtes mais ce sont des nuages très fins, leurs ombres exagèrent nos expressions, on est dans un théâtre où chaque comédien change de masque toutes les minutes. Je recule vers le bord du quai, l'aiguille des secondes approche du sommet, elle immobilise son gros rond rouge à la verticale et s'arrête. Cet instant-là devrait pas exister, ça peut pas être exactement la même heure deux secondes de suite. L'aiguille noire des minutes s'aligne en tressautant et la rouge reprend sa course. 20h tapantes. Anatoli siffle depuis le marchepied, quelqu'un lance sa casquette, le convoi se met en mouvement si lentement que ça semble pas avoir lieu.

Zed trotte à côté du train pour voir partir son graffiti. Des gens le suivent. Je mords ma lèvre. Pourquoi est-ce qu'il se passe rien ? Le goût de la peinture verte envahit ma bouche, j'ai peur d'avoir complètement merdé. Enfin le crissement que j'attendais arrive, le bruit terrifiant que fait un wagon passager traîné sur des rails parce que ses essieux se seraient pétés en deux. Des étincelles viennent lécher le graffiti encore frais de Zed, qui se cache le visage.

— Il se passe quoi putain ?

La locomotive freine d'un coup. Le wagon passager s'est désolidarisé des plateformes qui le suivent, il tombe à genoux, un gros panache de fumée noire sort de son ventre. Je pense à la table en bronze très lourde stockée dans les entrepôts, et je pense au fait qu'il y a exactement vingt-quatre heures, j'emmenais Sora se cacher là-bas.

Anatoli est redescendu du train, il se gratte la nuque en silence. Des gens amènent des seaux d'eau comme si c'était un incendie, mais c'est même pas ça, ça a rien de spectaculaire. Le graffiti de Zed est à moitié cramé, il est presque mieux comme ça. Anatoli dit qu'il a jamais vu un truc pareil.

— Le wagon passager est mort, on dirait qu'il s'est affaissé sous son propre poids. C'est ça quand on use le matériel jusqu'à la corde.

Bermann s'accroupit comme un inspecteur à côté d'un cadavre.

— Et si c'étaient les blocs qui avaient tout fait dérailler ? On est sûr que le train peut supporter ces tonnes sans broncher ?

J'avais pas pensé à ça mais ça m'arrange bien qu'ils se posent la question. Anatoli est pas convaincu.

— Il a fait cent fois l'aller-retour jusqu'à la capitale, ce convoi, et parfois avec plus de fret que ça. C'est le wagon passager qui a claqué, c'est tout. Mais la mauvaise nouvelle c'est qu'on peut pas partir. Il nous faut un wagon fermé pour le petit matériel, la paperasse, il y a quelques outils précieux qu'on leur prête pour monter l'œuvre une fois sur place.

Je mords ma lèvre jusqu'au sang. Je dois avoir les dents vertes ou rouges quand je parle, ou alors c'est qu'ils comprennent rien à cause de mes bégaiements, peut-être juste qu'ils imaginaient pas qu'une fille comme moi ait quelque chose à dire à ce moment-là, en tout cas les hommes autour du wagon me regardent d'une drôle de façon quand je leur explique qu'il y a exactement le même modèle aux entrepôts, que c'est pas compliqué de l'amener. Zed fronce les sourcils et j'essaie d'oublier toutes les briques que je suis en train de déplacer dans ma tête. Je me concentre sur mon ventre, l'air qui entre et qui sort, la puissance des hautes herbes et toutes ces choses qui me dépassent pour de bonnes raisons.

Je montre à Isobel par où passer à travers le grillage. Bermann demande pourquoi on prend pas l'entrée principale, Anatoli dit qu'il a plus mis les pieds ici depuis des décennies, Zed tombe des nues, Barbiche pense qu'il faut qu'on retrouve les clés des grilles, ça sera plus simple pour sortir le wagon, Anatoli répond qu'on pourra toujours les forcer, et c'est Bermann qui conclut.

— On va déjà vérifier si la cocotte raconte pas des bobards.

Je réponds rien. On traverse des rangées de trains et on arrive vers le mur qui porte mon nom. Je dis c'est là, tout le monde s'arrête. Zed me prend le bras. Je crois qu'il est fier.

— Putain. Petite cachottière de mes deux !

Il s'approche du mur, pose sa main sur la brique rouge et pendant un très petit moment je suis contente d'être là. Mais ensuite Zed remarque les étagères remplies d'objets sur l'autre paroi, et Bermann, Barbiche et Anatoli vont voir avec lui. Isobel reste vers moi, elle se penche sous ma locomotive et en sort le sac de sprays. Elle me lance un regard que je sais pas comment déchiffrer.

— Il va vraiment falloir qu'on discute de ton avenir toi et moi.

Elle contemple l'immense graffiti sur le mur de briques en secouant la tête. Pendant quelques secondes, je m'imagine tout lui raconter, mais vraiment tout, les râles de maman, les coups de Zed, même mon rêve de Sora. Elle a été une fille de Terdef avant de devenir flic, je me dis qu'elle pourrait comprendre, j'en peux plus de porter cette pression seule sur mes épaules. Il y a tellement de raisons de penser que tout va dérailler. J'ouvre la bouche pour me lancer mais les bruits viennent avant moi, ça arrive de derrière la locomotive, ça ressemble à de la porcelaine qui éclate, je panique mais je montre rien. Quand on s'approche, je vois Zed qui est en train de vider les étagères, il passe son bras sur chaque rayon et piétine les objets au sol en riant.

— Je savais que cet endroit me disait quelque chose ! C'est là qu'on venait se servir avec les parents Liv ou je rêve ?

Il est déchaîné mais personne l'empêche de faire, il revient vers la locomotive, pénètre d'un coup, je l'entends tout saccager en se marrant.

— Ce putain de merdier ! Et ma sœur là au milieu qui jouait à la dînette !

Le ventre de ma locomotive tinte et cliquette, j'ai les mâchoires serrées mais je hausse les épaules. Je me concentre sur le métal de la montre de Sora autour de mon poignet, je dis à Isobel que le wagon passager est là, juste derrière. Anatoli va voir. On l'entend commenter.

— En ordre ! C'est le même modèle, pas de doute, la petite a raison. Et il est en bon état.

Sa voix tourne autour du wagon, elle change d'un coup quand il arrive de l'autre côté.

— Sauf qu'il est pas tout à fait réglementaire, ce wagon.

On arrive au moment où ça va foirer. Je reste plantée pendant que Zed et les autres le rejoignent. J'entends des sifflements admiratifs suivis de la voix de Barbiche.

— Mazette, il est joli celui-là ! C'est pas un de toi gamin, si ?

Ils regardent mon graffiti et je réalise que j'aurais jamais dû le faire, Zed va enrager, il va pas vouloir laisser partir un de mes wagons, surtout après ce qui vient d'arriver au sien. Il aboie mon nom, je les rejoins en baissant les yeux. La suite ressemble à un miracle.

— Non c'est pas un de moi.

Il me regarde et sourit.

— Mais ma sœur a joué sa part dans cette histoire. Je crois que ce serait juste de la remercier aussi.

Il place sa main sur l'arrière de ma tête, il me caresse avec sa bienveillance. L'obscurité des hangars au crépuscule lui donne de la grandeur.

— C'est son tour. Ça me dérange pas du tout. C'est même très bien.

Il parle plus bas, juste pour moi.

— Profite de ton moment de gloire. Il paraît que ça dure pas.

J'ai gagné. Un poids s'envole. Je pense à Sora, juste derrière la paroi, je me demande si elle entend, j'espère qu'elle va bien, j'espère qu'elle comprend. Je pose ma main sur le wagon comme pour rassurer un grand animal et la voix d'Anatoli vient tout ruiner.

— Bon, il reste plus qu'à le bouger, ce fichu wagon. Je regarde juste à l'intérieur et on s'y met.

J'ai pas le temps de protester, il a les mains sur le mécanisme de la porte, et d'ailleurs comment j'ai pu penser qu'il le ferait pas? Ils doivent bien le charger, ce wagon, j'en reviens pas d'être si nulle, c'est comme si je tombais en arrière, j'ai les jambes qui lâchent, quelque chose va m'atterrir dessus c'est sûr.

Mais il se passe rien.

— En ordre, il est vide. Juste ce vieux matelas à dégager. Allez, au boulot, on a un sacré retard à rattraper!

Ma première pensée est d'imaginer que Sora est morte, que Zed est venu là pendant que je dormais, qu'il a eu une longueur d'avance tout ce temps, que c'est pas une histoire qu'il raconte à la ville mais la vérité, elle est vraiment morte – il l'a balancée dans Lac Glauque et il joue à ce petit jeu pour me faire souffrir. L'autre hypothèse est pas tellement plus rassurante, Sora qui est pas restée sage, qui s'est échappée toute seule, qui peut réapparaître n'importe quand, on serait bien dans la merde, elle comme moi.

Anatoli referme la porte d'un coup sec, je regarde mon graffiti étalé sur toute la longueur du wagon et là je comprends. Je le lis comme pour la première fois. Après le mot *CRIER*, quelqu'un a ajouté des lettres au spray violet, quelqu'un qui doit jamais avoir touché une bombe de sa vie, mais ces signes tremblants changent tout. C'est une question maintenant, et le point d'interrogation s'adresse à moi directement. Mon cœur s'arrête comme l'aiguille des secondes quand elle est tout en haut, je scrute les regards autour de moi mais personne a compris ce que j'ai compris. Il y a juste Isobel qui me regarde d'un drôle d'air, alors je lui souris discrètement. Zed me tape l'épaule.

— Oh Liv ? Tu nous aides ou tu restes plantée là ?

Crier gare ? C'est d'accord. J'arrive.

9

Courir, je déteste. Je fais ça n'importe comment, d'après Zed je ressemble à un cormoran qui essaie de s'envoler. Mes bras et mes jambes suivent pas le même rythme et je décolle pas. Mais ce soir mon style j'en ai rien à foutre.

Dans mon dos, Terdef fête le départ du train. Mon wagon passager a été accroché sans problème à la locomotive, juste quelques ronces à couper et la plaque tournante à activer, ça a fait un grincement d'enfer, le mécanisme a tenu. Les gens étaient contents. J'ai dit que j'étais crevée, que j'allais me coucher, Zed a répondu que j'avais dormi toute la journée et que je pouvais pas louper le départ de mon œuvre. Les gars nous ont appelés pour arroser ça, il m'a dit viens, tu l'as mérité, il m'a prise dans ses bras et c'était tendre, il m'a dit on laisse tomber les cochons d'Inde, tu sais, on passe à la vitesse supérieure. La réputation de Mitch allait encore grandir grâce à cette expo, la ville allait ramasser le pognon et il y en aurait pour nous deux. Il m'a décrit des poules, des lapins et même une vache, il a parlé d'une maison qui serait en briques, une vraie maison solide sans trous. C'était fini d'avoir froid. En m'embrassant sur la joue, il a ajouté qu'il m'aimait et j'ai eu envie de pleurer. J'ai tourné au coin de la gare et je me suis mise à courir.

L'herbe me fouette les jambes, il y a pas de lune et le ciel est violet. Je cours n'importe comment mais de toutes mes forces à côté du chemin de fer. Le ballast tremble, les rails vibrent, le convoi est dans le virage derrière moi, il va pas mettre long à fracasser la plaine, le fond de la vallée en ligne de mire, la capitale tout au bout, bien après l'horizon. Si je tombe je suis morte mais je tombe pas. J'ai mal au dos, je lâche pas. Je pense aux cormorans quand ils plongent dans les lacs, je convoque tout ce que je peux, tout ce que j'aime ici, ma locomotive peinte et la couleur de Lac Glauque, je demande pardon aux tortues et j'engueule les parents de nous avoir abandonnés, je demande pardon à Zed pour lui faire la même chose et je lui souhaite une belle vie, j'espère qu'il aura sa vache. Je demande tout ça à cette espèce de force que je sens, et que papa sentait aussi, ça s'entrechoque en moi et j'en rajoute, je fous tout dans le même sac et ça a l'air de marcher, ça me porte, je vole, je perce la végétation, j'ai chaud et j'ai froid, j'enlève mon pull sans m'arrêter, je sens le souffle de l'été sur mon ventre, j'ai mal aux seins et je me suis jamais sentie aussi forte.

J'arrive au passage à niveau pile au moment où le train apparaît sur ma droite, à cinq cents mètres au maximum. Je me plie en deux, les mains sur les cuisses, complètement hors d'haleine. Les phares de la locomotive trouent la pénombre, ils me fixent, ils éclairent jusqu'aux clapiers sur ma gauche, je distingue des dizaines d'yeux rouges qui brillent dans les cages ouvertes. Je dresse la tête, je balaie l'espace du regard. Je vois personne. J'ai peut-être mal compris. J'ai peut-être inventé toute l'histoire, ce stupide graffiti. Je l'appelle, je crie son nom pour la première fois, ça fait un drôle d'effet.

Je surveille le train, il devrait ralentir, c'est ce qu'il fait à cet endroit, mais il est déjà très près et il a pas l'air, Anatoli essaie peut-être de rattraper le retard. À cette vitesse, même Zed galérerait à monter en marche. Je perds courage, c'est fini, le train est presque à ma hauteur et je vais le regarder passer, il va siffler dans la plaine et voilà. Ce que je peux être conne.

J'appelle encore une fois son nom comme un reproche, et je sursaute quand elle répond, juste derrière moi.

— En tout cas on peut dire que tu sais faire des nœuds, toi.

La peur que j'ai eue, mais la voix de Sora m'attrape et m'enveloppe, j'ai même pas besoin de me retourner. Le train est là, le souffle de la locomotive fait plier les herbes, le visage d'Anatoli gicle comme un éclair au-dessus de nous, il est concentré sur ses machines, il nous voit pas.

— On ne va pas le laisser nous passer sous le nez, si ?

C'est vraiment elle, c'est pas dans ma tête, Sora est à côté de moi, comme une ombre ficelée à la mienne, avec ses boucles d'oreille, ses cheveux parfaits, ses poignets tout fins. Je pense à sa valise, qui doit être restée dans la jeep. Elle me dévisage, le wagon passager nous frôle, il lâche un reflet argenté et violet. Sur les suivants les bâches qui recouvrent l'œuvre claquent comme des drapeaux. Tout ça c'est pour ces blocs de pierre, c'est pour eux qu'elle est là et aussi grâce à eux. Je crie c'était pour te sauver que je faisais ça et je me mets enfin à pleurer. Elle crie plus fort que moi.

— J'avais pas très envie de repartir sans toi.

Je ferme les yeux et quand je les rouvre, elle m'a attrapé la main. Elle me serre fort et me regarde comme si elle allait faire une connerie.

— Prête ?

Elle m'entraîne, s'accroche à une barre et monte d'un coup sur la plateforme arrière du dernier wagon, entre les deux lanternes rouges. J'arrive pas à la rejoindre et je suis forcée de courir, elle a un pied sur la marche de métal, je sens ma main qui glisse hors de la sienne, elle hurle pour que je saute, je soulève les genoux comme une biche en panique dans le ballast, on dépasse la cabane, le visage de Sora est zébré de lumière rouge et je hurle aussi, je hurle que je suis désolée, désolée de l'avoir attachée, d'avoir tout compliqué. Le train accélère encore et je dis que je vais lâcher.

Mais elle me laisse pas. Elle me hisse de toutes ses forces sur le marchepied branlant. Je m'accroche à sa taille, elle rit en pleurant et moi aussi, j'ai mal partout, nos cheveux s'emmêlent dans des tourbillons d'air. Elle crie comme une louve cette fois, une louve puissante et je lui dis de la fermer, ce serait con de se faire choper maintenant. Comme elle continue, je place ma bouche sur la sienne. Derrière nous, tout est avalé, montagnes, herbes, cabane, tout ce qui vit dans la terre, et les bêtes, les gens et les pierres taillées, tout jusqu'à ce foutu trou de fin du monde, et même notre baiser, elle et moi, le début de l'histoire, ça reste derrière. On a juste à être là dans notre silence, dans le fracas du train, et contempler Terre-des-Fins qui rutile de ses minuscules lumières, des feux follets sur la plaine, très loin déjà.

Achevé d'imprimer
en mai deux mille vingt-deux
sur les presses de CORLET,
à Condé-sur-Noireau, France,
pour le compte des Éditions Zoé
Composition CW Design, Belgique